LE RÊVE

D'UN VIEILLARD

y^2

57735

Il prit la petite fille dans ses bras, appela
au secours.

LE RÊVE

D'UN

VIEILLARD

PAR Mrs PARSONS

TRADUIT DE L'ANGLAIS PAR L.-E. RODRIGUE

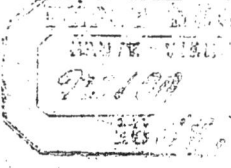

LIMOGES

BARBOU FRÈRES, IMPRIMEURS-LIBRAIRES

—

1868

I

L'ÉTRANGER.

Par une belle matinée de printemps, un adolescent, debout au bord d'une rivière, dont les eaux limpides coulaient sur un lit de sable, tenait en main une longue ligne dont il examinait l'amorce, et qu'il ne tarda pas à lancer.

Il ignorait qu'on l'observait et qu'un étranger était près de là, de l'autre côté, assis sur un rocher de sombre aspect, à l'endroit même où la rivière décrivait une courbe, pour continuer ensuite paisiblement son cours au milieu de vertes prairies.

Au-delà du rocher et de la plaine, on apercevait une forêt touffue, plantée de chênes. L'œil se reposait avec plaisir sur les clairières émaillées de jacinthes bleues et d'anémones sauvages aux corolles d'un rouge sombre.

L'étranger, qui avait traversé le bois, ayant aperçu le rocher de pierre calcaire qui s'avançait jusque dans la rivière, avait gravi péniblement le sentier conduisant au sommet, où il s'était établi de son mieux. De là, il contemplait avec bonheur le magnifique tableau qui se déroulait sous ses regards.

Lui-même nous a raconté l'histoire qui va suivre, et nous essaierons de la retracer aussi fidèlement que possible.

C'était un homme de vingt-cinq ans environ, habillé de gris, la tête couverte d'un chapeau gris, dont les bords ombrageaient sa figure. Il était beau, vraiment : il avait les cheveux bouclés, les yeux expressifs, les dents très-blanches, le nez admirablement modelé et les traits sculptés avec une finesse peu commune. De haute stature et vigoureusement constitué, il avait cependant le sourire doux et le pas aussi léger que celui d'un enfant.

Dans un sac de cuir suspendu à son côté, l'étranger portait du pain et de la viande enveloppés dans du papier, une tasse de corne, un rosaire et un livre intitulé : *Le Jardin de l'âme.*

L'inconnu était fait, assurément, pour exciter les sympathies. Il contemplait le jeune garçon occupé de sa ligne, et le seul être vivant présent en ce moment sur la rive opposée ; il se demandait quel pouvait être le caractère

du pêcheur, et cherchait les éléments d'une exacte ap-
préciation.

L'homme vêtu de gris avait assez pratiqué la vie pour
savoir de quelle pâte les adolescents sont formés, comme
on dit vulgairement; il avait eu de nombreuses occasions
de les étudier et de se faire une opinion sur leur compte.
Aussi était-il impossible qu'il demeurât indifférent devant
le jeune garçon dont nous avons parlé, et qui venait de
rejeter sa ligne à l'eau. Il se mit donc à réfléchir, s'inquiétant en lui-même de ce qu'était le petit pêcheur, et
cherchant à deviner ce que la vie serait pour lui.

Mais c'était une entreprise difficile que de tirer l'ho-
roscope de l'enfant. L'étranger observa d'abord attentivement les environs, afin de reconnaître par où le jeune
garçon était venu. A l'endroit même où ce dernier se
tenait avec sa ligne, apparaissait un massif d'ifs et de
houx, du sein desquels se dégageaient quelques ormeaux;
un sentier le traversait et se perdait parmi les arbres.
L'inconnu, continuant ses investigations, examina où
menait ce chemin, évidemment fréquenté par les habitants du pays. Une légère colonne de fumée, montant en
spirale dans les airs, et flottant au-dessus des ormeaux,
fit conclure à l'homme vêtu de gris que l'enfant habitait
cette demeure masquée par le paysage.

Ces renseignements, qu'il estimait certains, étant obtenus, l'inconnu reporta toute son attention sur le jeune pêcheur. Frappé de sa figure réfléchie et de sa patience à suivre sa ligne de l'œil, il se dit : .

— Voilà un garçon doué de patience et pleinement initié à son métier, car il manœuvre son engin sans aucune hésitation. Il est actif et adroit; je suis sûr qu'il ne s'est point trompé dans l'opération dont je viens d'être témoin, car il n'a laissé échapper ni un cri, ni un geste, qui témoignent une erreur commise. Ah! il regarde le rocher! Enfant, ces cinq minutes écoulées, je ne te reverrai, sans doute, jamais. Pourtant je désirerais bien savoir quel usage tu feras de l'existence qui s'ouvre devant toi. Tu n'auras pas toujours de fraîches matinées de mai employées à pêcher la truite sur les bords d'une paisible rivière. Encore cinq minutes d'observation, et je m'éloignerai de toi.

L'étranger, qui rêvait ainsi sur le sommet du rocher, ne prévoyait guère ce qui allait arriver cinq minutes plus tard. Les yeux toujours fixés sur l'autre bord, il vit la fumée de l'habitation invisible s'élever jusqu'aux nuages et se confondre avec eux. Il entendit un chien aboyer, des poules glousser, la voix d'un homme conduisant un cheval, une grille se fermer avec un bruit strident.

Puis il regarda les pommiers dont les branches s'entremêlaient avec celle des houx et des noisetiers; ils semblaient frissonner d'aise aux tièdes rayons du soleil matinal, et ils épanouissaient leurs fleurs humides encore de rosée.

L'étranger remarqua que l'un d'eux, tout rabougri, au tronc noueux et fort, mais n'ayant que de courts rameaux, s'agitait vivement. Une créature humaine grimpait sur la branche la plus basse, et bientôt une voix fraîche cria :

— Charles, Charles, me vois-tu? Me voici sur une branche du pommier sauvage. Pour moi, il me suffit d'avancer la tête pour t'apercevoir. Regarde de mon côté; Charles, regarde-moi.

Le jeune pêcheur se retourna.

— Nelly, fit-il, c'est dangereux ce que tu fais là. Descends bien vite, et je t'aiderai à gravir le sentier.

— Cependant cela m'amuse tant! Vois, Charles, comme je monte facilement.

A peine ces mots étaient-ils achevés, que la branche cassa brusquement, et une petite fille de cinq ou six ans tomba, inanimée, aux pieds du jeune garçon.

L'adolescent poussa un cri déchirant. Un horrible spectacle s'offrait à lui : la robe bleue et le tablier blanc de l'enfant étaient maculés de sang. Le pêcheur s'agenouilla, prit la petite fille dans ses bras, appela au secours, et pria Dieu ainsi que la Vierge bénie. En ce moment il entendit un clapotement dans la rivière, et, levant les yeux,

1

il aperçut un homme robuste qui la traversait à la nage. Avant que personne ne fût accouru de la maison voisine aux cris du jeune garçon, l'étranger vêtu de gris abordait la rive, et saisissait à son tour dans ses bras l'enfant privée de vie.

· Mais bientôt des pas retentirent, et plusieurs voix s'informèrent de ce qui était arrivé. L'inconnu s'avança dans la direction d'où elles venaient, chargé de son précieux fardeau; et l'adolescent, tout tremblant, marchait à ses côtés.

Cependant une voix disait :

— Charles, qu'y a-t-il? Réponds donc, sot que tu es, à moins que tu ne sois sourd.

Et comme le jeune garçon demeurait muet, la même personne, inquiète, vraisemblablement, de ne point recevoir de réponse, reprit :

— Le jeune garçon aurait-il donc éprouvé quelque accident?

L'étranger qui portait l'enfant inanimée étant parvenu à mi-chemin de l'habitation, se trouva tout à coup en face d'une femme de cinquante ans, à qui il dit :

— Voici ce qui s'est passé : cette petite fille est tombée d'une branche du pommier sauvage... elle est... elle est...

L'inconnu, bien que sachant le cruel résultat de l'accident, hésitait à s'expliquer, car, il l'avait deviné, cette femme à qui il s'adressait était la mère de l'enfant.

Il ajouta pourtant :

— Le jeune garçon est saisi de frayeur, mais l'enfant...

Et la parole expira encore sur ses lèvres; il pressait sur sa poitrine le cadavre, dont il cachait le visage dans son sein.

Il faut, poursuivit-il, que vous me conduisiez sur-le-champ à votre demeure.

a femme, pâle, hors d'elle-même, n'offrit point à l'inconnu de le décharger de son fardeau. Elle se retourna brusquement, descendit rapidement le sentier et ouvrit la grille du jardin. L'homme vêtu de gris traversa précipitamment l'allée menant à l'habitation, et pénétra dans une salle parfaitement meublée.

La femme qui le précédait ouvrit en silence une porte placée à droite, et introduisit son compagnon dans un charmant petit parloir.

Alors, détachant son tablier blanc, elle l'étendit sur ses bras, qu'elle avança vers l'étranger, avec un regard rempli d'une douleur inexprimable. L'homme vêtu de gris lui remit l'enfant avec précaution, et elle la déposa sur une table. La petite fille était bien morte.

— Que Dieu vous vienne en aide, qu'il vous soutienne.

et vous accorde le courage, murmura l'inconnu: Vous
avez donné un ange au ciel; cette pensée adoucira votre
affliction, qui sera moins amère un jour. Puis-je faire
quelque chose pour vous?

L'accent avec lequel s'exprimait l'étranger alla droit
au cœur de la mère, et lui inspira de la confiance. Pen-
chée sur le corps de l'enfant, qu'elle arrosait de ses larmes, elle répondit en sanglotant :

Je désirerais que mon mari et Charles revinssent. Il
ne faut pas perdre de vue le jeune garçon. Mais qu'y a-t-
il? s'interrompit-elle.

Une voix de femme criait au dehors :

— Pourquoi ne revenez-vous pas? Il est dix heures
passées.

— C'est Martha qui appelle mon fils, expliqua la mère.
Monsieur, je vous en conjure, envoyez-moi quelqu'un ·
voyez cette femme. Mais où donc est Charles?

— Soyez tranquille, je le retrouverai.

L'étranger quitta le parloir.

La mère, en proie à une sorte de désespoir, tomba à
genoux.

Ayant rencontré Martha, une femme entre deux âges,
employée dans la maison comme amie plutôt que comme

domestique, l'homme vêtu de gris lui raconta le triste événement, et la pria d'envoyer à la malheureuse mère son mari qu'elle réclamait.

— Hélas ! monsieur, il est à la foire de Hentherfuld.

— Alors, rendez-vous auprès d'elle

— Mais quelle est cette personne?

En prononçant ces derniers mots, l'étranger désignait une jeune fille, grande et svelte, et dont la figure était des plus avenantes. Agée de quatorze ou quinze ans, elle avait l'air sérieux et doux. En cet instant, elle était pâle

— Avice ! Avice ! gémit Martha, la petite Nelly est morte; elle s'est tuée. Seigneur miséricordieux, quel terrible coup ! O Avice ! Avice !

— Où est ma tante? demanda la jeune fille.

La voix d'Avice tremblait, et l'homme vêtu de gris comprit que la jeune fille, par sa présence, ferait du bien à la pauvre mère privée de son enfant. Aussi se hâta-t-il de répondre :

— Elle est dans le parloir. Allez-y sans retard.

Avice se dirigea vers la porte; et, en passant près de l'étranger, elle lui dit

— Le père Joseph est chez lui.

Elle voulait parler au prêtre sous la juridiction duquel était l'habitation, et elle continua, en indiquant un pavillon, à travers la fenêtre :

— Montez ces marches, prenez l'allée de gauche, et vous aboutirez à une maison blanche, la seule, du reste, qui s'élève en face de notre jardin : il existe une porte de communication qui vous introduira dans la demeure du pasteur.

En achevant ces mots, la jeune fille s'éloigna d'un pas léger, laissant Martha à ses larmes.

L'étranger, conformément aux instructions d'Avice, passa dans le jardin et alla frapper à la petite porte verte qu'on lui avait indiquée.

Le prêtre lui-même vint ouvrir.

— Le père Joseph ? dit l'inconnu.

— Lui-même.

Et le prêtre le fit entrer.

— Je viens vous annoncer un grand malheur, reprit l'étranger ; une petite fille, nommée Nelly, a fait une chute et s'est tuée. J'ai rapporté son cadavre dans mes bras.

Le père Joseph fit le signe de la croix, et il ne put donner d'autre réponse en ce moment. Son visage contracté exprimait la douleur poignante qu'il ressentait. Il recula.

de deux pas et remua les lèvres. L'étranger pensa qu'il priait ; la physionomie du prêtre lui plut et il ajouta :

— Je vous attendrai ici en me promenant dans le jardin, car je suppose que vous reviendrez bientôt.

— Oui, oui, assurément.

Le père Joseph s'éloigna, et l'inconnu demeura seul, mais pour peu de temps, Martha se présenta presque aussitôt avec des vêtements secs.

— Prenez ces habits, monsieur, dit-elle ; les vôtres sont mouillés, et vous me les remettrez.

En même temps elle pénétra sans cérémonie dans la maison du prêtre, et appela :

— John !

Un homme de soixante ans, environ, parut, portant une courte-jaquette, un tablier serré autour de la taille, et tenant une serviette à la main. Martha lui confia les vêtements destinés à l'étranger, à qui le domestique dit :

— J'ose espérer, monsieur, qu'il ne vous est arrivé aucun autre accident ?

L'inconnu fit un geste négatif. John l'invita à monter au premier étage, où il échangea ses habits trempés d'eau contre ceux qu'on lui avait offerts, et redescendit.

— Si vous m'en croyez, monsieur, fit le domestique, vous viendrez vous réchauffer, ne fût-ce que cinq minutes, au feu de la cuisine.

— Je le veux bien, répliqua l'étranger.

Il entra, à la suite de son guide, dans une pièce qui ne ressemblait nullement aux cuisines ordinaires, et de l'âtre de laquelle s'exhalait une douce chaleur. John approcha du foyer une chaise basse garnie de cuir, puis sortit par une porte pratiquée tout au fond. Elle donnait sur un couloir dans lequel l'inconnu aperçut, appuyée contre le mur, une vieille armoire sculptée, que l'usage avait rendue brillante. Les murs étaient tapissés avec un papier offrant les riches couleurs du géranium.

La cuisine était peinte en vert foncé, et le buffet de chêne, orné de porcelaines de Chine. Un tapis occupait le milieu avec une table ronde. Une bibliothèque bien garnie était adossée à l'une des parois. Près de là, on voyait un prie-Dieu muni d'un tiroir pour les livres. Au-dessus apparaissait une petite boîte en forme d'arche, hermétiquement fermée, qui renfermait une de ces gravures en trois compartiments, appelées triptyques.

A peine l'étranger avait-il fait cette rapide inspection, que le domestique revint, rapportant le contenu des poches des vêtements mouillés de l'hôte du prêtre, avec un foulard plié. Il déposa le tout sur la table en disant :

— Monsieur, il ne vous a été fait aucun tort.

Ensuite, s'approchant de l'inconnu, il ajouta :

— J'espère que l'enfant en reviendra.

— Elle n'en reviendra pas, car elle est morte.

— Mon maître essaie cependant de la ranimer.

— Tant mieux! ce sera du moins une consolation pour sa mère de penser qu'on a fait tout ce qui était humainement possible.

— Naturellement.

— Comment se nomme cet endroit?

— Waddesdon-Hall, répondit John en souriant.

— Waddesdon-Hall! Je croyais que ce château était à cinq grands milles d'ici.

— Non, monsieur, c'est bien ici le vieux manoir; et si ce n'était point, de ma part, prendre trop de liberté, j'affirmerais que vous êtes...

— Henri Clayton, acheva l'étranger, qui cessait de l'être à partir de ce moment.

— Que Dieu vous bénisse, monsieur Henri, ainsi que toute votre aimable famille! la mienne l'a servie pendant plusieurs générations.

— En ce cas, vous êtes John Arden?

— Précisément, monsieur Henri. Ainsi vous ignoriez que c'était ici le vieux manoir? Ah! vous avez beaucoup de choses à apprendre. Il faut avouer que vous êtes arrivé d'une étrange façon. Lady Constance et miss Waddesdon se portent-elles bien, monsieur? La jeune Lady a-t-elle écrit au père Joseph? C'est un grand bonheur pour nous.

de posséder l'excellent prêtre. Il appartient par sa mère à la famille Clayton. Le saviez-vous? il était aussi le cousin germain de votre père.

— Je le sais ; on m'a instruit de tout cela hier soir, dans une petite auberge située à neuf milles d'ici. D'après les indications que j'avais reçues, je ne pensais pas atteindre sitôt Waddesdon. J'achevais mon déjeuner à l'ombre des arbres, quand j'aperçus le jeune garçon... Mais, à propos, où est Charles?

— Je ne puis le dire.

Et John essuya une larme avec la manche de sa jaquette.

Puis, montrant la fenêtre du geste, il ajouta :

— Voici le père Joseph.

Henri Clayton alla au-devant du prêtre jusque dans le corridor; le serviteur l'annonça avec le cérémonial des jours de sa jeunesse. Le nouveau venu passa avec le prêtre dans le parloir, tandis que John Arden retournait dans la confortable cuisine que nous avons décrite.

Le père Joseph fit à son jeune cousin l'accueil le plus cordial. La dernière fois qu'ils s'étaient vus, Henri n'était encore qu'un enfant. Toutefois, Clayton était convaincu qu'il ne serait pas demeuré long-temps avec le bon prêtre sans le reconnaître. De son côté, l'ecclésiastique assurait qu'il avait remarqué le son de la voix et l'expression de visage du visiteur qui lui avait rappelé le chef de la famille Clayton, mort il y a quelques années. Ils avaient beaucoup de choses à se communiquer, et ils comptaient, avant la fin du jour, s'entretenir longuement.

Après l'échange des premiers compliments, ils s'occupèrent de la petite Nelly et de sa mère. L'enfant avait déjà cessé d'exister lorsque Henri l'avait prise dans ses bras, et il ne pouvait garder aucune illusion sur ce point.

Mais où était Charles? Au moment où Clayton entrait dans le jardin, le jeune garçon était à ses côtés, il est vrai ; mais personne ne l'avait vu depuis. On avait envoyé un des gens de la ferme à sa recherche.

Ainsi qu'Henri en avait jugé tout d'abord, Charles était un garçon adroit et sérieux, et Jem Carter, un employé de ferme, déclara que, selon son opinion, l'adolescent était assurément allé quérir le médecin qui demeurait à Working, à quatre milles de là.

Carter partit sans délai pour cette ville, monté sur un poney gris.

Martha dépêcha quelqu'un pour explorer les environs de la ferme et les chaumières du voisinage, afin de savoir si Charles ne s'y trouvait pas.

II

WADDESDON-HALL.

Maintenant nous donnerons à nos lecteurs quelques
détails sur le château de Waddesdon.

L'avenue par laquelle Henri Clayton était entré dans
la maison se déroulait derrière l'ancienne résidence.
Cette allée, bordée d'ifs et traversant un délicieux jardin,
était charmante.

L'autre côté de l'habitation n'était pas moins agréable,
il avait vue sur une vaste terrasse entourée d'un petit
mur à hauteur d'appui, au pied duquel, sur une espèce
de talus, se développait un joli parterre, émaillé de

fleurs et coupé de sentiers bordés de buis ; il avait réjoui les yeux de plusieurs générations de Waddesdon.

Au fronton de la grande porte d'entrée, sur un écusson de pierre, on avait sculpté une cotte d'armes, emblème héraldique des maîtres du lieu et objet des respects de tous.

Douze ans avant l'époque où commence cette histoire, le dernier descendant mâle des Waddesdon venait de mourir ; il se nommait Bernard et n'avait que quatre ans. Son père était lui-même couché sur le lit funèbre lorsque l'enfant quitta ce monde, et, au bout de quelques semaines, lady Constance Waddesdon demeura veuve avec une fille appelée Marie, qui n'avait que six ans.

Le manoir de Waddesdon et ses dépendances devaient un jour appartenir à Marie. Mais, en attendant, les revenus de la mère, quoique suffisants pour vivre conforta-blement, ne permirent cependant point à cette dame d'habiter le château de sa fille. Elle avait loué, dans les environs de Londres, une maison pour quelques années, et elle y résidait depuis le commencement de son veu-vage.

Afin que l'habitation ne manquât pas d'entretien, lady Waddesdon la confia à Austin Vernon, qui tenait à bail les dépendances du château. Il n'avait qu'un enfant, quand cet arrangement eut lieu ; c'était Charles, dont

nous avons parlé. A l'époque où Austin s'établit au manoir, il venait de se marier en secondes noces. Il amena
avec lui Martha, une brave femme, qui avait soigné sa
première épouse durant une longue maladie

La nouvelle madame Vernon était elle-même une excellente femme, sachant parfaitement tenir une maison ;
elle avait apporté au fermier une dot de mille livres sterlings et n'avait consenti à se marier qu'à la condition de
ne point se séparer de sa nièce Avice.

La jeune fille était orpheline et l'enfant de la sœur
unique de madame Vernon. Son père, Arden, était un
parent éloigné de John Arden, le domestique du père
Joseph. Il occupait une bonne place chez les Clayton,
quand il mourut dans la force de l'âge, ne laissant que
cinq cents livres sterlings à Avice, dont ils composaient
toute la fortune avec les mille livres provenant de la dot
de sa mère. Mais cette somme, entre les mains de la
bonne tante, était plus que suffisante pour fournir aux
besoins de l'orpheline.

Miss Moreton, — c'était le nom de demoiselle de
Madame Vernon, — prit sa nièce avec elle, lui voua une
tendre affection, et elle eût renoncé au mariage plutôt
que de l'abandonner. Elle ne songeait nullement à con-
tracter une alliance quelconque, quand Austin Vernon

demanua sa main ; elle consentit, parce que le sort d'A-
vice ne lui parut aucunement compromis.

Il y avait douze ans qu'elle habitait au château de Waddesdon, et elle avait aimé sur-le-champ Charles Vernon
ou Charles Gregory, comme on le désignait fréquemment
du nom de son aïeul maternel, le vieux Gregory Churcher, qui demeurait à sept milles de là, au village de
Monk's Barton.

Le vieux Gregory vivait encore au temps où nous en
sommes. Il serait difficile d'expliquer pourquoi tout le
monde l'appelait vieux. Il n'avait, en effet, pas plus de
soixante-cinq ans ; or, on ne regardait point cet âge comme bien avancé à Monk's Barton.

C'est que Gregory avait, pour ainsi dire, été vieux toute
sa vie. C'était un homme aux allures sévères, habile à
traiter une affaire, lent à secourir ses semblables, sans
être, toutefois, désobligeant pour personne ou doué d'u-
ne méchante nature ; il était de ceux qui donnent peu, tout
en attendant beaucoup d'autrui.

Il menait une vie triste. Rien de sympathique ou d'affectueux dans son accueil. Au récit des tribulations du prochain, il répondait invariablement : « Qu'importe ? » ou
bien : « Je m'y suis toujours attendu. »

Aussi, quoiqu'il y eût peu de reproches à lui adresser,
le vieux Gregory Churcher, à tort ou à raison, n'était point

populaire. Il visitait à peine une fois l'an son beau-fils, le fermier Vernon, tant il était ennemi de la société. On répétait que, dans une seule circonstance, il avait manifesté quelque satisfaction, c'était lors de la conclusion du mariage d'Austin avec miss Moreton.

— Oui, conduisez-la chez vous, Vernon, avait-il dit; prenez également la petite Avice. Ces excellentes créatures seront heureuses dans votre maison. Vous avez été un bon mari pour ma fille, et maintenant vous donnez une digne mère à mon petit-fils. Oui, emmenez-la à votre foyer; Charles sera bien traité par elle. J'ai souvent songé au jeune garçon que vous ne pouvez constamment surveiller; miss Moreton le fera pour vous. Qu'elle soit donc votre femme. Austin; Dieu vous bénira et vous comblera de prospérité l'un et l'autre.

Le vieux Gregory, prétendait-on, n'avait jamais parlé si longuement sur un même sujet; et cela fit plaisir à Austin Vernon de l'entendre s'exprimer de la sorte. Le fermier, miss Moreton, Avice et Charles vécurent comme frère et sœur, regardant tous deux Vernon et sa femme comme de véritables parents.

La naissance d'une fille, la pauvre petite Nelly, n'altéra nullement l'affection de madame Vernon pour Charles et Avice; le jeune garçon, de son côté, chérissait Nelly.

Quoique l'adolescent se souvînt de sa mère, il avait

donné promptement son amour filial à la seconde madame
Vernon, avant même que le développement de son intelligence lui permît de reconnaître que la fermière le méritait. Le vieux Gregory et la bonne Martha avaient habilement prédisposé son cœur à ces pieux sentiments.

Le château de Waddesdon-Hall possédait une chapelle,
qui formait une des ailes de l'édifice. D'aucuns racontaient
qu'elle avait appartenu jadis à une autre habitation, et
que le manoir actuel avait été construit depuis à côté du
sanctuaire. Elle était bâtie en pierres, et son architecture
remarquablement belle. Elle avait deux entrées : l'une
ouvrant dans l'enceinte de Waddesdon-Hall ; l'autre, donnant accès aux fidèles du dehors, était précédée d'une petite pelouse entourée d'arbres toujours verts, et au centre
de laquelle s'élevait une croix de pierre.

On arrivait à cette pelouse par une avenue bordée d'u-
ne haie d'ifs si hauts et si serrés qu'on eût dit une muraille de verdure. On la montrait aux étrangers comme
l'une des merveilles du vieux château.

A l'époque de la mort de sir Waddesdon, le père Joseph
occupait, depuis nombre d'années, trois chambres isolées
des autres appartements du manoir. Un petit escalier de
pierre conduisait à la chapelle.

Quand le maître du lieu eut cessé d'exister, et que lady
Constance résolut de s'éloigner, après avoir confié le soin

de l'habitation à Austin Vernon, il parut convenable d'assigner au prêtre un autre logement ; la noble dame craignait que les vieilles chambres ne fussent froides et incommodes, lorsque Waddesdon-Hall ne serait plus occupé qu'en partie.

Un pavillon, construit dans l'ancien jardin, fut élargi et devint la résidence du père Joseph Clayton, qui était l'un des tuteurs de miss Waddesdon.

C'est dans cette maison neuve qu'Henri et le prêtre étaient assis le jour où débute ce récit. Ils ne tardèrent point à être dérangés de leur entretien par Jhon Arden et par Martha. A peine entrée, cette dernière s'empressa de raconter toutes ses allées et venues, essuyant en parlant les larmes qui coulaient sur ses joues.

— Ah ! monsieur, s'écria-t-elle, il est arrivé ; je veux parler d'Austin Vernon. Père Joseph, ne pourriez-vous le visiter ? Carter est de retour. Il avait bien deviné que Charles était chez le médecin, M. Brooks, qui s'était déjà mis en route. Mais ayant appris de Jem que l'enfant était morte, il retourna chez lui où il avait laissé le jeune garçon qu'on avait fait coucher, parce qu'on pensait qu'il n'était point en état de regagner le château. En effet, il avait couru pendant quatre milles ; il réussit difficilement à retracer la lugubre histoire, puis fut pris d'un tremblement et s'évanouit. M. Brooks craint une fièvre nerveuse.

2.

Carter, qui a vu Charles, nous a dit qu'il semblait avoir le délire. Le médecin veut qu'on abandonne, pour le moment, le jeune garçon à ses soins. Mais, monsieur, de grâce, venez auprès d'Austin. Dieu seul peut le soutenir dans une aussi terrible circonstance.

Le père Joseph laissa Henri dans le jardin, et se hâta d'aller consoler le malheureux fermier.

Le jeune Clayton se promena quelques instants autour des carrés cultivés avec soin; ensuite il alla se reposer sous le péristyle du château. Le soleil brillait au firmament, et les fleurs printanières s'épanouissaient sous l'influence de ses rayons.

Plus loin, en face de l'habitation seigneuriale, un petit courant d'eau s'élargissait dans les terres, et formait un lac sur lequel deux cygnes se jouaient à l'envi.

Henri s'arrêta quelques instants à contempler ce paisible tableau. Il se rappela ce moment de la matinée où il se disait à lui-même que, dans cinq minutes, il quitterait son observatoire du rocher, et ne reverrait plus Charles. A cette heure il pensait bien différemment; il ne devait plus perdre de vue cette famille qui souffrait en silence, ni ce jeune garçon, maintenant à Working, gisant sur un lit de douleur, malade d'effroi et de chagrin.

Clayton s'était assis à l'ombre du pérystile. Là, pendant un quart d'heure, il fut absorbé dans la lecture d'un petit livre de piété qu'il avait tiré de sa poche. Quand il eut terminé, il se leva, traversa lentement le petit pont jeté sur le cours d'eau, en récitant son chapelet, et retourna enfin à la maison du prêtre. Il y trouva John Arden mettant le couvert pour le dîner, et il accepta l'offre que lui fit le père Joseph de passer la nuit chez lui.

Mais le soir, madame Vernon lui ayant fait dire qu'elle désirait le remercier de la bonté qu'il lui avait témoignée le matin, il se rendit au manoir.

Il y fut reçu par Austin, qui lui offrit ses actions de grâce d'une voix entrecoupée de sanglots. Toutefois Henri reconnut bien vite que le fermier était résigné aux volontés divines. Il s'assit près de Vernon; et ces deux hommes s'entretinrent comme des frères. Dès lors, entre eux naquit une amitié qui ne devait jamais s'altérer.

III

LARMES ET INSOMNIE

Cependant Austin Vernon, dans cette conversation intime, n'oubliait pas son fils, et il songeait à aller passer la nuit auprès de lui, à Working. Sa femme le pressait de se rendre en cette ville pour consoler le jeune garçon.

— Charles se désole, sans doute, disait-elle. Courez à son chevet, Austin. Rappelez-lui que nous devons accepter courageusement les épreuves que nous envoie notre Père du ciel. Ah! son cœur saigne à l'idée de la perte de Nelly. Ils s'aimaient tant l'un l'autre! elle le suivait partout, et je regretterai éternellement la rupture d'une telle amitié. Nous étions trop heureux, vraiment. Allez donc, Austin, allez consoler le jeune garçon ; et puisse-t-il supporter le coup qui le frappe en même temps que nous !

La courageuse femme pressait en ces termes le départ de son mari pour Working. Avice écoutait et regardait son oncle avec anxiété. Elle montra quelque satisfaction quand elle eut vu Austin monté sur le poney gris et en route pour la ville.

Personne mieux que la jeune fille ne comprenait ce que devait souffrir Charles Vernon. Doué d'une nature affectueuse, l'adolescent avait toujours été très-sensible à la tendresse de la petite Nelly, qui faisait, depuis sa naissance, la joie de la famille. L'attachement de l'enfant pour Charles avait été la cause de sa mort. Elle avait quitté la maison pour le chercher ; puis ayant découvert qu'il était au bord de la rivière, elle avait grimpé sur la branche du pommier sauvage pour le mieux voir.

Avice savait parfaitement que cette cruelle pensée torturerait l'âme de Charles, et elle ne fut pas étonnée d'apprendre qu'il était malade. On lui eût annoncé sa mort qu'elle n'eût point été surprise. Les impressions du jeune garçon étaient d'une violence extrême ; s'il s'abandonnait facilement à l'allégresse, il s'attristait avec une égale promptitude.

Avice ne se trompait donc point en supposant que

Charles sentirait plus qu'il ne raisonnerait, et qu'il serait difficile de lui inspirer la résignation nécessaire. Aussi estimait-elle que la visite d'Austin serait pour l'adolescent la meilleure des consolations.

La jeune fille n'exprima point tout haut ces réflexions; elle s'assit à côté de sa tante, près du feu qui flambait dans l'âtre, et que rendait agréable la fraîcheur de la nuit.

Avice donna sa main à madame Vernon, dont les larmes coulaient silencieuses. La pauvre femme pressait de temps à autre la petite main de sa nièce et murmurait :

— Chère enfant! je m'efforce d'être reconnaissante pour la grâce que le Seigneur m'a faite en prenant mon bel ange pour son paradis.

Et la jeune fille répondait :

— Vous remplissez votre devoir, ma tante.

Elle n'ajoutait rien autre chose, n'osant provoquer d'amers souvenirs.

Austin Vernon rentra fort tard. Martha avait mis le couvert, essayant de faire chaque chose dans l'ordre accoutumé; elle s'aperçut bientôt qu'elle faisait toutes choses comme elle ne les avait jamais faites.

M. Vernon, revenu en grande hâte, avait très-chaud et était harassé de fatigue. Il prit place à table avec sa femme et Avice, récita le *Benedicite*, et coupa la viande froide pendant que sa compagne distribuait le pain. Comme personne ne l'interrogeait, il dit, au bout de quelques minutes :

— Charles est très-malade. Le pauvre enfant a été bien heureux de me voir. M. Brooks ne le quitte pas. A mon arrivée, le jeune garçon se souleva sur son lit; je m'assis au bord de sa couche, et il se jeta dans mes bras en pleurant à chaudes larmes. M. Brooks me dit à l'oreille que cela lui faisait du bien. « —Père, demanda-t-il, père, m'aimez-vous encore tous ? »

— Que le Seigneur le bénisse ! sanglota madame Vernon. Mais continuez, Austin. De quoi vous a-t-il parlé ensuite ?

— Je répliquai : « — Charles, nous t'avons toujours aimé pour toi-même. Comprends-tu ce que je veux dire, mon garçon? » —Il se pressa sur ma poitrine et balbutia: « — Oui, père, oui, je le sais. » — Je continuai : — « Et maintenant nous t'aimerons davantage encore, en mémoire de Nelly, parce qu'elle t'aimait ardemment. Comprends-tu cela encore ? » — A ces mots, l'adolescent releva la tête; un sourire doux et grave animait sa figure. Je repris : « — Je suis venu, et ta mère a désiré que je vinsse pour te faire comprendre cela et pour t'assurer que nous t'aimerions une fois de plus, puisque nous avons une fois plus d'amour à dépenser. » — A ce langage, son visage devint rayonnant, puis il s'évanouit dans mes bras. M. Brooks lui fit avaler quelques gouttes d'un cordial qui lui rendit l'usage de ses sens. Le médecin lui défendit de parler davantage. « —Maintenant, Charles, dit-il, il faut demeurer tranquille. Souhaitez le bonsoir à votre père, et laissez-le. Ne savez-vous pas qu'il est sur la terre plus d'une créature humaine affligée comme vous? Ne savez-vous pas cela? » — « Oui, fit le jeune garçon avec un triste sourire, oui, je le sais. Allez, père, vous pouvez partir; mais j'étais si alarmé avant de vous avoir vu! » — « Taisez-vous, recommanda M. Brooks. » — Et nous sourîmes tous les deux. Je sortis de la chambre du malade. Au bout d'une demi-heure, au moment de m'éloigner, j'y rentrai. Charles dormait aussi paisiblement qu'un jeune enfant.

— Dieu soit loué! soupira madame Vernon.

Quant à Avice, elle se répétait tout bas les paroles de M. Brooks : « — Il y a sur la terre plus d'une créature humaine affligée comme vous. » — Elle sentit que cette leçon s'appliquait à elle-même aussi bien qu'à Charles, et que la signification était : penser aux infortunes d'autrui plus qu'aux siennes propres. Avice grava dans son cœur cet enseignement et résolut de le mettre fidèlement en pratique.

Pauvre jeune fille! avant qu'un grand nombre d'années

ne se soient écoulées, elle n'aura que trop d'occasions de se souvenir de ces nobles préceptes !

Le repas terminé, le fermier et sa femme demeurèrent assis à chaque extrémité de la table; ils se regardaient en silence pendant que Martha, aidée d'Avice, desservait avec une lenteur extraordinaire.

— La religion est un grand bienfait, dit enfin Vernon ; par elle, nous n'avons aucun doute ni aucune crainte sur le sort de ces innocents que Dieu nous retire dans leur premier parfum. Allons voir l'enfant, puis nous prendrons quelque repos.

Ils quittèrent la cuisine, traversèrent la cour, s'engagèrent dans l'allée sablée menant à l'habitation du prêtre, et se dirigèrent vers la porte où Henri Clayton avait remis entre les bras de la pauvre mère le corps de la petite Nelly.

Martha avait descendu le berceau de l'enfant, lequel, jusque-là, n'avait jamais quitté le côté du lit de madame Vernon, et elle y avait déposé le cadavre. Les petits bras de Nelly, pâle comme la cire, étaient croisés sur la poitrine; les longues boucles dorées de sa chevelure encadraient son visage, et jamais, de son vivant, elle n'avait été si jolie. La plaie de la tête n'était point visible; pas une tache sur le bonnet de batiste brodé ne révélait la présence de la cruelle blessure.

Le fermier et sa femme contemplèrent, muets et respectueux, ce petit ange qui avait quitté les bras de sa mère pour s'envoler vers les cieux. Cette pensée adoucit leur peine.

— Elle est partie, murmuraient-ils, sans être perdue pour nous ; si elle appartient à Dieu, elle nous appartient également. O dispensateur souverain de tous les dons, que votre volonté soit faite !

Austin Vernon et sa femme avaient regagné leur appartement; les persiennes venaient d'être fermées et la porte avait été verrouillée, quand un violent coup de sonnette annonça un visiteur tardif. Le fermier se mit en devoir d'ouvrir ; il se demandait qui ce pouvait être, quand la voix du vieux Gregory Churcher se fit entendre.

— Dépêchez-vous, grondait-il.

Etant entré, il se trouva en face d'Austin, de sa femme et de sa nièce.

— Eh bien ! qu'y a-t-il donc ? reprit-il de son ton bourru. J'ai appris à la fois deux mauvaises nouvelles. Où est Charles ?

— A Working, où je l'ai laissé il y a quelques heures, répondit le fermier.

— Austin Vernon, ajouta le vieillard d'une voix tremblante et une vive émotion peinte sur le visage, Austin

Vernon, pourquoi ne me dites-vous pas que vous l'avez renvoyé de votre maison? On m'a raconté que vous accusez Charles de la mort de Nelly par la négligence qu'il a mise à la secourir, et que vous avez chassé le jeune garçon. Si cela est vrai, n'entrez dans aucune explication; souhaitez-moi seulement le bonsoir, et je me retirerai comme je suis venu.

Austin, profondément blessé d'un tel soupçon, répliqua vivement :

— Charles est mon fils, monsieur Churcher.

Il ne put en dire davantage; mais madame Vernon, s'emparant du bras du vieillard, le conduisit à la cuisine. Là, elle lui parla ainsi :

— N'écoutez pas les mauvaises langues; les choses sont bien différentes de ce que vous pensez.

Et elle rapporta sommairement ce qui s'était passé; puis elle ajouta :

— Charles est un garçon très-sensible; il gardera toujours une place dans nos cœurs n'importe où il soit. Je m'exprime ainsi, parce que, je le sens, Charles serait peut-être mieux ailleurs qu'ici. Toutefois, lorsqu'il sera temps de décider la question, veuillez aider mon mari de vos conseils. Mais, de grâce, monsieur Churcher, ne froissez plus Austin; vous n'auriez pas dû parler comme vous l'avez fait.

Tout en s'entretenant ainsi, le vieux Gregory et madame Vernon se promenaient dans la cuisine, éclairée par une chandelle et par le feu qui flambait dans l'âtre. M. Vernon, assis dans un coin, pleurait à chaudes larmes. Churcher s'arrêta devant lui un instant en silence ; ensuite il dit :

— Pardonnez-moi. Je chérissais la mère du jeune garçon, ma chère fille. Je ne vous l'avais point accordée à regret, et elle ne s'est jamais repentie de son choix. Aussi, lorsque j'ai entendu rapporter que vous aviez chassé son fils par amour pour celle qui est morte, j'ai cru voir son ombre indignée sortir de la tombe pour protester contre cet acte inique. Je vous ai mal jugé, Austin Vernon ; recevez mes excuses : j'implore votre pardon et le sien.

En achevant ces mots, le vieillard leva les yeux au ciel, comme s'il eût entrevu dans les sphères divines la mère de Charles. Austin se leva et offrit sa main sans pouvoir parler ; mais sa femme reprit :

— Merci, monsieur Churcher, merci de votre bonté ! En vérité, dans un pareil moment, nous ne sommes guère disposés à vous quereller parce que vous avez conçu de trop promptes alarmes pour le jeune garçon. Nous savons que votre affection pour lui est l'unique cause de tout cela.

Madame Vernon, occupée de la pensée que le vieux

Gregory serait peut-être un appui pour la famille, et désirant s'entretenir plus longuement avec lui, l'invita à s'asseoir et à se reposer. Elle lui fit prendre quelque chose de chaud, en disant :

— Cela vous fera du bien, car les nuits sont froides encore, et vous avez traversé les humides bruyères de Monk's Barton.

Elle allait et venait, vaquant à divers soins du ménage. A la fin, ayant rencontré le regard de son mari, elle lui adressa un geste significatif, qu'il comprit parfaitement. Aussi se leva-t-il à l'instant et sortit de la pièce en souhaitant une bone nuit à tous.

Avice s'éloigna également ainsi que Martha, et le vieux Churcher resta seul avec madame Vernon.

— Demeurez ici tant qu'il vous plaira, dit la pauvre mère, car je veillerai pendant cette nuit. Restez avec nous une semaine ; il sera agréable à Austin de voir une autre figure que celles qu'il voit tous les jours. Votre présence serait pour nous d'un grand prix dans ces malheureuses circonstances.

. C'était un naïf plaidoyer adressé par une femme à un vieillard ; mais rien, sur la figure de ce dernier, n'indiqua qu'il en fût touché ou même qu'il eût compris. Il garda le silence quelques minutes, et répliqua :

— Moi aussi, j'ai porté ma croix ; oui, je l'ai portée,

Mon unique espoir, depuis le jour où Austin résolut de vous épouser, a été que Charles, le fils de ma fille, obtiendrait la main de votre nièce Avice. S'il doit partir, comment ce projet pourra-t-il se réaliser? Que répondrez-vous à cela, madame Vernon?

— Laissez l'avenir prendre soin de l'avenir, répliqua la fermière.

Et elle regarda fixement le vieux Churcher. Dans l'expression de sa physionomie, elle lut une page de l'histoire de sa vie, qu'il n'avait jamais confié à personne.

— Sachez, dit-il en baissant la voix, que j'ai de l'argent, et que j'ai décidé à qui le transmettre. J'ai reconnu qu'Avice serait pour Charles une excellente épouse. Pourquoi les séparer?

Madame Vernon posa sa main sur le bras du vieillard et répéta avec sévérité ces paroles :

— Laissez l'avenir prendre soin de l'avenir.

Et elle regarda de nouveau Gregory jusqu'au fond de l'âme. Mais il se débarrassa de l'étreinte de la digne femme et continua d'exprimer tout haut les pensées qui le préoccupaient.

— Quel bonheur me procurerait la possession de mon argent, fit-il, si j'ignorais qui le dépensera plus tard avec mon petit-fils? Oui, j'aime mon argent que j'ai réussi à amasser et à conserver. Le jour du mariage de ma fille

m'a réjoui, car il me promettait un héritier. Charles est
venu au monde à ma grande satisfaction. Maintenant.
que prétendez-vous en disant que le jeune garçon serait
peut-être mieux ailleurs qu'ici? Si vous êtes fatiguée de
'ui, envoyez-le-moi, je le garderai.

— Non point, monsieur Churcher, ici est la maison de
l'adolescent. Où trouverait-il un asile, si ce n'est sous le
toit de son père? Il est plus sensible que bien d'autres.
Pourtant, s'il est nécessaire qu'il fasse maintenant son
entrée dans le monde, il la fera. Quant à sa demeure,
il n'en aura jamais d'autre que celle-ci. Il reviendra plus
tard. D'ailleurs, Charles n'a nul goût pour les travaux
de la ferme; il n'aime que les livres, et je suis sûre qu'il
ne tardera point à faire choix d'un état.

— Et Avice?

— Elle restera avec moi.

— Vous ne parlerez point de l'argent?

— Nullement.

IV

ABSENCE ET CHANGEMENT.

Dans le vieux cimetière voisin de Waddesdon , il existait une tombe, sur laquelle les fleurs printanières se
préparaient à épanouir leurs corolles ; c'était celle de la
petite Nelly, innocente créature qui n'avait point connu
la souffrance, et était remontée au ciel sans payer tribut
aux épreuves terrestres.

Tous les catholiques des environs avaient suivi la dépouille mortelle de l'enfant jusqu'à sa dernière demeure ;
et le corps de cet ange avait été inhumé au milieu des larmes arrachées par la piété plutôt que par le chagrin.

— Semons des fleurs sur sa tombe, afin qu'elle prie pour nous, disaient les plus jeunes.

— Puissions-nous un jour voir la place qu'elle occupe au ciel ! murmuraient les plus âgés.

Avant que la semaine ne fût révolue, une croix entourée de fleurs s'élevait sur la sépulture de l'enfant. Pas un mot pour recommander son âme aux prières des fidèles : tous savaient qu'elle était au séjour de la béatitude. Pas une expression de regret ou de tristesse. Seulement, de grand matin, ou le soir, à la tombée de la nuit, Madame Vernon visitait la tombe de Nelly, demeurait un instant debout, puis s'agenouillait et baisait la petite croix. Les amis qui l'accompagnaient quelquefois racontaient qu'elle répétait d'un ton résigné :

— Seigneur, j'adore votre sainte volonté. Seigneur, apprenez-moi à vous aimer. Mon enfant, ma chère enfant, prie pour nous.

Le jour des funérailles, marchaient à la suite du corps M. et Mᵐᵉ Vernon, le vieux Churcher, le pauvre Charles, Martha, Avice, Henry Clayton et John Arden. Le père Joseph accomplit les rites funèbres prescrits par l'Église ; du bord de la tombe, il adressa quelques paroles aux assistants.

Charles l'écoutait et se pressait, tremblant de tous ses membres, aux côtés de son aïeul.

Avice écoutait également, la tête modestement inclinée, et levant les yeux de temps en temps pour voir le prêtre. Le regard de la jeune fille réflétait la paix de son âme et l'ardeur de sa foi.

Henri examinait toutes choses en silence, car il avait le caractère observateur. Bien qu'il ignorât les vœux du vieux Churcher, la pensée lui vint que ces deux jeunes gens ayant les mêmes croyances, habitant sous le même toit, aimant les mêmes amis, ayant les mêmes intérêts, pourraient s'aimer et se marier un jour.

Pour le moment, il était arrêté que Charles quitterait Waddesdon-Hall. Il paraissait souffrant, et M. Brooks le trouvait encore malade. Le système nerveux était fortement ébranlé chez lui, et on devait éviter de le ramener aux lieux témoins du funeste accident.

Austin Vernon avait déclaré qu'il était disposé à faire pour son fils tout ce que le médecin jugerait nécessaire ; et M. Brooks avait répondu :

— S'il en est ainsi, qu'il reste avec moi. Nous trouverons moyen de l'instruire à Working, et les meilleurs soins lui seront prodigués. Justement, j'ai besoin de quelqu'un pour m'accompagner dans mes courses, pour conduire ou garder le cheval et la voiture. Confiez-nous-le pendant trois mois. Je le traiterai comme un fils, et madame Brooks l'entourera de la tendresse d'une véritable mère.

Au bout de trois mois, nous verrons comment ira sa santé et quelle est son intelligence. Ce sera le moment de décider de son avenir.

Vernon consentit à la combinaison proposée. Charles l'accueillit avec joie, et témoigna sa reconnaissance au médecin. Tout le monde, jusqu'aux vieux Churcher, parut satisfait, et le jeune garçon s'installa à Working le soir même des funérailles de la petite Nelly.

Henri Clayton dit adieu à Waddesdon-Hall, ainsi qu'à tous les habitants du manoir, et Gregory retourna à Monk's-Barton.

Juin, juillet, août, s'écoulèrent, et le temps de la moisson approchait. La campagne s'était magnifiquement parée de ses blés, et les arbres pliaient sous les fruits. L'ouvrage ne faisait pas défaut, et chaque jour amenait de nouveaux labeurs. Mais le paysan, heureux de sa peine, faisait entendre sa voix joyeuse. Il manquait à Waddesdon deux êtres chéris. Charles et la petite morte. Toutefois, ni l'un ni l'autre n'étaient oubliés.

Charles vint passer une semaine au château. Il était bien changé, beaucoup plus qu'on ne s'y attendait. Le vieux Churcher constata le fait; John Arden manifesta hautement son étonnement, et le père Joseph dit à l'adolescent :

— Vous continuerez, sans doute, d'habiter chez

M. Brooks; vous abandonnerez les champs pour la ville, et vous deviendrez chirurgien?

— Je ne suis pas sûr de cela, répondit Charles. Il est vrai que j'aime l'étude, et que la profession de chirurgien me semble honorable.

— Vous avez raison, et je pense comme vous. Mais pourquoi parlez-vous comme si vous étiez irrésolu? Vous avez près de seize ans; à cet âge, il faut prendre une décision.

— Je suis complètement déterminé. Mais je dois me laisser guider par M. Brooks. J'aime la ferme, pourtant, je l'aime réellement, et je ne voudrais pas devenir un monsieur.

Le prêtre se mit à rire.

— Je comprends, reprit-il; vous voulez être *vous-même*. C'est une ambition légitime. Travaillez à rendre votre existence aussi parfaite qu'il vous plaira, aussi savante que vous pourrez, aussi prospère que Dieu le voudra; mais n'ayez jamais la prétention d'être autre chose que ce que vous êtes. Quelle que soit la position que la Providence vous offre, acceptez-la; mais ne dépensez point votre activité en aspirations inutiles.

— Ainsi ferai-je, déclara Charles : je serai tout ce que je puis être. La profession de chirurgien me plaît, et je souhaite de l'embrasser. Je sais que pour réussir il m'aurait fallu commencer plus tôt. Mais je dois étudier d'abord la chimie, et si je reviens à notre chère vieille ferme, je n'en vaudrai pas moins pour cela.

— Vous raisonnez parfaitement juste.

— Je prise peu la vie des cités, quoique j'estime très-haut les avantages que leur séjour procure. Ainsi j'aime leurs bibliothèques et le langage épuré qu'on y entend ; enfin j'aime M. Brooks dont chacun vante le talent. Mais les récoltes de nos champs et de nos vergers m'attirent de plus en plus. Oui, je reviendrai habiter en ces lieux paisibles ; et un jour peut-être je soignerai les vaches et les chevaux.

— Il n'y aura pas de mal à cela, répliqua le père Joseph.

Après cette semaine passée au foyer paternel, Charles retourna chez M. Brooks, non plus comme visiteur, mais comme élève ; et il devint le favori du médecin. Le praticien avait annoncé à Austin Vernon que son fils avait beaucoup de moyens, et qu'il ferait un habile chimiste. Il avait proposé au fermier de diriger les études du jeune homme en vue d'une profession libérale.

— Quelle sera cette profession ? ajouta M. Brooks, je ne saurais encore le dire. Quoi qu'il en soit, ce que je lui enseignerai, pendant les deux ou trois ans qu'il restera dans ma maison, ne lui sera point inutiles pour cultiver vos terres ou faire valoir Waddesdon-Hall, s'il vous arrive de désirer qu'il le fasse. La science n'est jamais un embarras, et les connaissances qu'il souhaite d'acquérir ne lui nuiront dans aucune position.

M. Brooks ayant émis son opinion d'une manière positive, tout le monde s'y rallia avec satisfaction.

Lorsque Gregory Churcher apprit ce qui avait été décidé au sujet de son petit-fils, il se frotta les mains, et fit entendre ce long murmure que ses amis regardaient comme un signe de grand contentement:

— Laissez faire, laissez faire, dit-il; tout ira pour le mieux. A Working pendant deux ou trois ans; une promenade de temps à autre à Waddesdon. Laissez faire, laisse faire.

Et le vieux Gregory Churcher, tournant le dos aux assistants, sortit sans ajouter un mot de plus. Il retourna à Monk's Barton, où nous l'accompagnerons.

Le vieux Gregory était enchanté, car il espérait que so.. petit-fils épouserait Avice. Le caractère de cet homme était étrange, son cœur n'avait jamais appartenu qu'à une seule personne, sa femme. Belle, fraîche, aimable, la compagne de Churcher travaillait beaucoup, parlait du ton le plus suave, et de ses grands yeux gris jaillisaient des effluves de tendresse.

Gregory n'était point né éloquent, et il n'avait guère

essayé de révéler à son épouse toute l'étendue de son amour. Mariés dans la fleur de leur jeunesse, ils avaient vécu trois ans sans enfants. Alors vint une fille, et la mère mourut. De même que Churcher n'avait jamais parlé de son amour, il se tut sur la vivacité de sa douleur. Toutefois, quiconque observait cet homme, ne se méprenait point sur les sentiments qu'il éprouvait; l'inquiète sollicitude dont il entourait son enfant attestait son affection, ses regrets d'époux et de père.

Dur, taciturne et réfléchi, Gregory s'occupait ardemment des choses de ce monde. Il était ce qu'on appelle un homme parcimonieux; et ce défaut s'accrut avec l'âge. Bien qu'il élevât sa fille avec sévérité, il fut un excellent père. Néanmoins nous devons dire qu'il ne poussa point l'éducation de l'enfant aussi loin que sa position le lui eût permis. A l'école du village, elle apprit à lire, à écrire et à coudre; le soir, Gregory lui enseignait le calcul, disant que cela suffisait, et qu'avec son esprit juste, elle ne devait point être instruite des sottises des autres peuples.

En grandissant, elle devint habile au travail; elle ressemblait à sa mère pour la douceur et la grâce. Tant qu'elle demeura chez son père, à Monk's Barton, tout y fut dans l'ordre le plus parfait. L'intérieur de la maison était pauvre et sans le moindre vestige de luxe, mais la propreté y reluisait.

Il n'y avait pas de parloir dans l'habitation de Churcher. On y voyait une cuisine au premier étage; puis au rez-de-chaussée une autre cuisine, une arrière-cuisine, une buanderie, un fournil et plusieurs autres pièces, petites mais bien tenues et affectées à divers usages. Quatre grandes chambres à coucher et quelques cabinets complétaient la ferme de Barton.

L'enfant devenue jeune fille travailla plus que jamais. Gregory n'avait permis à sa mère de le faire. Le vieux Churcher constatait, sans l'exprimer tout haut, que les choses allaient à merveille.

Une seule chambre, dans cette maison, offrait un semblant d'élégance. Placée sur le devant, elle possédait une fenêtre encadrée de clématites dont les senteurs, en parfumant la pièce, évoquaient de funèbres souvenirs : là était morte madame Churcher, la fenêtre ouverte, à l'époque où les fleurs des arbustes pendaient en guirlandes au-dehors. De cette fenêtre, l'époux désolé avait cueilli quelques-unes de ces fleurs, et les avait déposées sur le sein de la défunte. Il apprit à l'enfant à nommer la clématite *la plante de la mère*, et elle ne la désignait jamais autrement.

Lorsque la fille de Churcher eut atteint l'adolescence,

elle orna la chambre d'un autel, de pieuses gravures, et d'un crucifix. Avec la permission de son père, elle envoya le lit et sa garniture à l'hôpital de Working tenu par des religieuses.

Ce fut la seule fantaisie que le vieux Gregory passa à sa fille.

De temps à autre, le père Joseph, de Waddesdon, visitait les malades de la contrée; quand il se trouvait attardé, il recevait l'hospitalité à Barton. Une fois, ayant apporté le saint Viatique à un mourant, qui se trouva trop malade pour pouvoir communier, le prêtre s'arrêta à la ferme, et la sainte Eucharistie reposa une nuit sous son toit, dans la chambre funéraire.

A partir de cette auguste visite, la jeune fille devint complètement maîtresse de la pièce; elle s'y rendait pour méditer et pour prier; elle en fit une sorte de sanctuaire, dont l'accès était interdit aux pensées mondaines, et on ne la nomma plus que *la chambre de la chapelle.*

Cet arrangement convenait au caractère de Gregory. Pourtant certaines personnes supposaient que le vieillard s'occupait peu de religion. Nous nous tairons pour le moment sur ce sujet, et nous parlerons des sentiments de Churcher à l'égard de sa fille.

Il fut heureux de la marier à Austin Vernon, qu'il estimait sincèrement. Quand la mort prématurée de la jeune femme ne lui laissa plus que Charles à aimer, il devint plus bizarre, plus froid, plus dur et plus parcimonieux. Austin ayant épousé une autre femme, et admis Avice dans sa maison, le vieux Gregory parut plus gai. Il se disait qu'il aurait encore une fille, qu'elle s'unirait à Charles, et qu'elle vivrait chez lui; une aimable et sainte femme, à la voix suave, embellirait encore son foyer; il n'aurait donc pas travaillé, amassé et espéré en vain.

Churcher rentra chez lui, regardant avec assurance dans l'avenir, et se flattant que le fil du roman de sa vie ne serait point brisé.

V

ESPOIR DÉÇU

Quelques années s'étaient écoulées. Charles Vernon
avait vingt ans, et Avice brillait de tout l'éclat de la jeunesse. Aucun changement visible ne s'était opéré dans
Austin Vernon, dans sa femme, dans Martha ou dans le
vieux Churcher. Le père Joseph habitait toujours la maison du jardin de Waddesdon. John Arden, aussi frais et
actif que par le passé, n'oubliait point Henri Clayton ni
l'événement tragique qui avait pécédé la visite du jeune
homme. Il pensait à miss Waddesdon qui ne songeait
point à revenir, et à lady Constance qui parlait de conduire sa fille en Italie.

Charles Vernon ne résidait plus chez M. Brooks. Il était allé à Londres, où il avait étudié avec zèle et acquis de belles connaissances. Mme Brooks le chérissait autant que son mari, et ce dernier disait à qui voulait l'entendre que son élève ferait un chimiste de premier ordre.

Cependant M. Brooks l'engageait à étudier la chirurgie; mais le jeune homme doutait de son succès dans cette carrière; il préférait la chimie, et cette science suffisait à son ambition.

Lorsque Charles Vernon eut atteint sa dix-neuvième année, il vint à Waddesdon pour obtenir de son père la permission d'aller à Londres, où M. Brooks désirait qu'il passât deux ans avec un de ses amis.

Gregory assista à la consultation, décidé à faire tous les sacrifices nécessaires pour aplanir au jeune homme les obstacles qni peuvent être levés avec de l'argent. Il commença par déclarer qu'il mettait deux cents livres sterlings à la disposition de son petit-fils.

Personne, jusqu'à ce jour, excepté Mme Vernon, n'avait entendu le vieux Churcher avouer qu'il avait de l'argent; il passait pour être pauvre, sans qu'on sût au juste sur quoi reposait cette opinion. Au reste, Austin ne s'était jamais préoccupé de l'état de fortune de son beau-père; il ne le croyait point dans la détresse, mais il ne le supposait pas riche non plus.

Aussi, l'offre du vieillard fut considérée comme un acte de grande générosité, et on l'accepta avec l'idée que c'était probablement tout ce que Charles retirerait de la succession de son aïeul. Ce n'était pas que Gregory l'eût donné à entendre; mais on avait cru le comprendre.

Churcher chargea Austin Vernon de toucher l'argent promis chez son banquier; et le fermier apprit de la sorte qu'il restait encore à la caisse de l'homme de finance trois cents livres, mais rien de plus.

Au bout d'un an passé à Londres, Charles alla rendre visite à son grand-père, à la ferme de Barton. Le vieillard lui parla de sa mère, et lui demanda s'il ne songeait point à se marier avec une personne qu'ils connaissaient bien tous deux.

Il fut facile à Charles de répondre, car il avait fait le même rêve que Gregory, et il pensait comme lui à Avice. La jeune fille était l'espoir du jeune homme et celui du vieillard à cheveux blancs. Ils sortirent ensemble sous les arbres, et s'assirent à l'ombre, en s'entretenant de ce sujet. De cette communauté d'aspirations, naquit entre Churcher et Charles une nouvelle affection, qui unit plus fortement encore ces deux âmes pourtant si différentes.

Cependant il ne leur suffisait pas qu'Avice fût belle, bonne d'excellentes manières, et qu'elle brillât dans le

3.

cercle paisible de Waddesdon-Hall ; ils souhaitaient qu'elle reçût une éducation plus distinguée, et le vieillard décida qu'elle irait dans le monde.

Charles Vernon retourna à Londres, laissant à son aïeul le soin de mener à bonne fin ses projets.

Les relations les plus amicales s'établirent entre le vieux Churcher et M. et Mme Brooks. Quand le chirurgien venait à Barton, il y avait toujours là pour lui des rafraîchissements.

— Donnez de la nourriture au cheval du docteur, recommandait sans cesse Gregory qui était bon pour les animaux.

Le vieux Churcher offrait à la digne femme du chirurgien son miel le plus pur, ses plus belles pommes, ses poires les plus parfumées, ses raisins les meilleurs.

Assis près de Mme Brooks, il écoutait volontiers, pendant une demi-heure, sa conversation intéressante. Que n'aurait-il pas donné pour qu'Avice eût pu passer deux ans avec une personne de ce mérite !

Bientôt une occasion se présenta qui lui parut propre à réaliser ses désirs secrets.

— Monsieur Churcher, lui dit un jour la digne femme du médecin, ma mère habite de l'autre côté du square ; elle demeure seule, car ma plus jeune sœur, madame Groves, est aux Indes. Pourriez-vous m'indiquer une personne capable de rester quelque temps avec elle à titre de compagne?

— Demandez cela à Mme Vernon, répondit Gregory.

— Ma mère, continua Mme Brooks, est instruite; elle a reçu une éducation complète. Il y a un an, elle tomba et se cassa le bras droit. La fracture était grave, l'articulation endommagée, et depuis, le membre offensé n'a point recouvré son mouvement ordinaire. Ma mère voudrait une jeune fille douce et affectueuse, qu'elle mettrait à même d'être gouvernante, plus tard, dans quelque bonne famille, si cela lui convenait.

— J'en parlerai à Mme Vernon, répliqua brièvement le vieux Churcher.

Il se leva aussitôt pour partir, salua Mme Brooks, et retourna chez lui, monté sur son petit cheval, qu'il mena lentement, car il était très-préoccupé. Pour conclusion des réflexions qui l'absorbaient, il s'arrêta à une petite auberge, d'où il écrivit à Londres, à Charles Vernon; il lui demandait s'il pensait que la maison de la belle-mère du médecin convînt à Avice.

Le jeune homme répondit à son aïeul par le courrier suivant. Il déclarait qu'il connaissait Mme Bennets, la mère de Mme Brooks, et qu'Avice serait parfaitement chez elle.

Muni de cette lettre, Gregory se rendit au manoir de Waddesdon, et demanda une entrevue à Mme Vernon.

— Je vous ai dit autrefois, commença-t-il, que j'avais eu un ardent désir en ma vie ; peut-être ce désir va-t-il se réaliser.

Le vieillard sourit, et reprit après une pause :

— Charles aime Avice, et si la jeune fille était consul-tée, je suis sûr qu'elle déclarerait partager les sentiments de mon petit-fils. Vous ne détruirez point le rêve de mes dernières années. Vous ne pouvez savoir tout ce que j'ai perdu, quand mon foyer devint tout à coup silencieux. Mais, avant que je ne descende dans la tombe, des voix chéries se feront entendre encore dans ma maison.

Il y avait toujours quelque chose d'étrange, de sauvage même dans l'accent de Churcher, lorsqu'il entretenait madame Vernon du passé ; d'ailleurs il n'évoquait jamais ces souvenirs qu'avec elle. Son œil brillait de plaisir en exprimant les espérances qu'il caressait de longue date, et il y aurait eu de la cruauté à les dissiper. Aussi la femme du fermier, douée d'un tact exquis, ne le tenta pas.

— Très-bien, monsieur Churcher, répondit-elle avec calme. Expliquez-vous franchement ; quels sont vos vues ?

Le vieux Gregory, entrant immédiatement en matière,

s'étendit sur la science de Charles, sur les progrès remarquables que faisait le jeune homme, et sur l'éducation distinguée qu'il recevait.

— Mais, hélas ! poursuivit le vieillard, en élevant de la sorte mon petit-fils, je crains presque de lui avoir préparé d'amers chagrins, si nous ne nous occupons en même temps de l'instruction d'Avice. Charles devient habile, et il occupera une position considérable dans le monde. Il faut que votre nièce, par son éducation, soit en mesure de monter un jour jusqu'à lui, et que son ignorance ne s'oppose point à l'alliance que je projette. Une excellente occasion se présente, madame Vernon ; notre devoir est, je crois, de veiller à ce qu'elle en profite. Vous ne voudriez point que nos enfants, plus tard, se plaignissent de notre négligence à leur égard ?

— Il suffit, monsieur Churcher, fit la digne femme du fermier ; n'insistez pas davantage pour le moment ; j'ai besoin re réfléchir mûrement à tout ce que vous m'avez dit. Permettez donc que je retarde ma réponse.

Le vieux Grégory se tut. Toutefois il regagna Monk's Barton très-heureux. Il pensait qu'il avait bien joué son rôle, et que les choses iraient au gré de ses vœux.

Le vieillard avait laissé la lettre de Charles à madame Vernon, qui la lut attentivement. Elle aimait tendrement sa nièce. Elle éprouvait pour la jeune fille un sentiment exclusif, souffrant avec peine qu'on se mêlât de ce qui la concernait. Elle se demandait de quel droit Churcher exigeait qu'elle se préoccupât uniquement de l'avenir de Charles. Déjà elle avait perdu sa chère petite Nelly par suite de l'affection de l'enfant pour Charles; pourquoi se priverait-elle encore d'Avice? sa nièce possédait quinze cents livres sterlings provenant de l'héritage de ses parents; cette somme, qu'Austin Vernon administrait parfaitement et dont on ne détournait pas un penny, allait être bientôt doublée. Plus tard, la jeune fille hériterait encore de sa tante; tout cela devait lui constituer une assez jolie dot. A quoi bon, par conséquent, tant s'inquiéter d'elle?

Pendant que madame Vernon faisait ces réflexions, Avice entra, et dit quelques mots au sujet de la basse-cour et de la laiterie.

Elle était grande, gracieuse, élégante dans sa démarche; elle avait le teint frais, les cheveux noirs, les yeux de couleur foncée, la voix douce, et son caractère sérieux ne manquait pourtant pas d'amabilité.

Sa tante lui sourit avec amour, et son visage d'une beauté peu commune rayonna de bonheur.

Avice s'étant retirée, Madame Vernon se tint ce langage à elle-même :

— Je n'ai jamais vu d'enfant meilleure et plus char-

mante. Pourquoi souffrir qu'on intervienne dans ses affaires? Elle est parfaitement bien ainsi. Non, elle ne sor-
tira pas de cette maison. Si les circonstances ont amené
Charles à quitter la position que lui assignait sa naissance,
Avice n'a rien à voir à cela. Non, non, elle ne nous aban-
donnera pas.

Madame Vernon parla dans ce sens à Gregory Churcher, quand il revint.

Dès qu'il eut reçu cette réponse si contraire à ses des-
seins, le vieillard écrivit à Charles, qui s'empressa, au
reçu de la lettre, d'accourir à Monk's Barton. Le lendemain de son arrivée, le jeune homme se rendit à Waddesdon-Hall, déclara son inclination pour Avice, et reçut de
cette dernière un aveu semblable.

Charles Vernon passa une semaine chez son père.
Dans quelques promenades avec Avice Arden aux bords
de la rivière, à travers la prairie ou le verger, dans de
longues conversations, il sut éveiller chez la jeune fille
le désir de s'instruire. Elle demanda la permission d'habiter auprès de madame Bennets pour obtenir, en échange de ses soins et de son dévouement, les leçons dont
elle sentait la nécessité, dans l'intérêt de son avenir.

Ses parents consentirent, et Austin Vernon lui dit :

— Quoiqu'il arrive, Avice, vous aurez toujours une

place ici ; tant que nous vivrons, vous pourrez vous y regarder comme chez vous.

La jeune fille fut touchée de ces paroles, car elle savait que l'honnête fermier s'exprimait avec franchise. Sa tante lui tint à peu près le même langage.

— Je pense, fit-elle, que tout cela est pour votre bien, chère enfant. Que Dieu vous bénisse ! D'ailleurs vous serez libre de revenir quand il vous plaira.

— Je partirai à regret, répondit Avice. Mais je dois me préparer à ma future situation.

En retournant à Londres, Charles vit M. et madame Brooks, qui lui témoignèrent leur satisfaction pour les arrangements projetés. Le jeune homme leur avait tout confié, et ils l'assurèrent qu'ils ne négligeraient rien pour mettre Avice à la hauteur du rang qui l'attendait dans le monde.

Gregory Churcher, qui était venu à Waddesdon-Hall, avec son petit-fils, avait fait quelques cadeaux à Avice, et la jeune fille s'en était parée immédiatement pour lui être agréable. Le vieillard le contempla un instant avec ravissement ; elle se montra si bonne et si affectueuse à son égard, qu'il ne put s'empêcher de murmurer ;

— Il n'y a pas un défaut dans cet enfant !

Churcher s'éloigna sans dire adieu à personne, et ne voyant pas le plus petit nuage à l'horizon.

VI

UN PAS DANS LA VIE.

Avant d'être installée définitivement chez la belle-mère du médecin, Avice fit une visite à cette dame, qui avait passé une semaine chez sa fille.

Quand madame Bennets fut établie dans sa résidence de Queen-Square, elle manda la nièce de madame Vernon, qui resta auprès d'elle quelques jours, pendant lesquels tout fut convenu et arrêté.

Un matin, la voix du fermier se fit entendre à Waddesdon. Il appelait sa femme.

— J'ai commandé la voiture pour midi, annonçait-il?

Madame .ernon ne répondit pas ; cependant elle se rendit aussitôt vers son mari.

— Je vais avertir Avice, dit-elle enfin ; elle ne tardera pas à être prête. Mais, mon ami, je ne l'accompagnerai pas.

— Vous ne l'accompagnerez pas !

— Non, Austin, je ne m'en sens point le courage. Je ne puis me faire à l'idée de la séparation. Toutefois je n'élève aucune objection, remarquez-le ; j'approuve son mariage avec Charles ; mais je ne saurais voir avec plaisir qu'elle nous quitte.

Voyant que le fermier se préparait à l'interromp.e, elle l'arrêta du geste et continua :

— Écoutez-moi jusqu'au bout : je comprends et j'admets les raisons qui motivent le départ de ma nièce. Mais de grâce, Austin, ne me pressez pas d'aller à Working.

En achevant ces mots, madame Vernon se détourna pour cacher ses larmes. Son mari, ému de sa douleur, lui dit :

— Nous sommes encore les maîtres de garder Avice ; dans quelques heures l'engagement sera conclu, et nous devrons l'observer. Si donc vous le désirez, ma chère femme, l'affaire ne se fera pas.

— Dieu me préserve de m'opposer à ce qui est projeté ! fit madame Vernon d'un ton ferme. Conduisez ma nièce dans la maison qu'elle doi, naoiter. Vous m'excuserez en disant que les soins du ménage me retiennent ici.

En ce moment Avice parut, calme et belle. Il faisait une splendide journée de septembre, et le mois touchait à son terme. La jeune fille portait une robe de mérinos brun-pâle garnie de velours, un châle noir et un chapeau de paille blanche fleuri de géraniums. Elle paraissait heureuse. Pourtant ses pleurs coulèrent quand elle embrassa sa bonne tante qui l'aimait uniquement et ne se préoccupait que de sa félicité.

Étant montée en voiture avec Austin Vernon, Avice arriva bientôt à Working, à la demeure de madame Bennets, dans Queen-Square. La maison, sans être grande, avait bonne apparence, tout y étant disposé d'une manière confortable.

Madame Bennets montra ses appartements à la jeune fille, et lui présenta sa domestique, nommée Jane, une femme attachée depuis quinze ans à son service, et dont la fidélité ne s'était jamais démentie. L'air et les manières de Jane plurent à Austin et à sa nièce.

Agée de soixante ans environ, madame Bennets éta. grasse, petite et avenante. Son visage au teint blanc et rose s'encadrait dans les boucles très-soignées d'une perruque noire; ses yeux ronds et noirs conservaient beaucoup d'éclat; il y avait quelque chose de vif et de positif dans sa personne; lorsqu'elle faisait une observation qu'elle voulait qu'on écoutât, elle frappait du bout des doigts la table où elle s'appuyait ordinairement

Par suite de l'accident qui lui était arrivé, elle ne pouvait s'habiller seule. Cependant, quoique l'articulation du coude fût toujours raide, elle réussissait à écrire, et elle en profitait pour correspondre avec ses filles. Nature active, elle détestait l'oisiveté.

—Ma chère, dit-elle à Avice, il faudra que vous m'habilliez. Soir et matin je m'exerce à la résignation; mais, pour être franche, j'avouerai que je ne crois point l'avoir encore parfaitement apprise. Il faudra donc que vous soyez patiente avec moi. De mon côté, je m'occuperai de vous instruire, si vous y consentez.

— Très-volontiers, madame, répondit la jeune fille.

— Je vous ferai suivre un excellent cours de lectures anglaises. Ensuite, pendant les soirées d'hiver, nous verrons si nous ne pourrons point parler français. J'ai été élevée pour l'enseignement, et j'ai suivi cette belle vocation. Je m'en applaudis aujourd'hui, et j'espère que vous ferez de même quand vous serez à mon âge.

Austin Vernon, ayant pris congé de madame Bennets et d'Avice, retourna à Waddesdon-Hall. Le récit qu'il fit à sa femme de la manière dont la jeune fille avait été reçue, réconcilia presque la fermière avec la séparation désormais accomplie.

La nièce de madame Vernon ne tarda point à se plaire dans sa nouvelle position.

A Noël, il y eut une grande réunion à Waddesdon-Hall. Le vieux Churcher se chargea d'amener Avice.

Mais avant de se présenter chez madame Bennets, il entra dans la boutique d'un marchand de nouveautés, où il dépensa une forte somme pour la jeune fille. En lui offrant ces présents magnifiques,, il lui dit :

— Ne refusez pas de les accepter : n'ai-je pas le droit d'offrir ce qu'il me plaît à la fiancée de mon petit-fils?

Madame Bennets, qui se trouvait là, voyant Avice hésiter, l'engagea à céder.

— Monsieur Churcher, déclara-t-elle, connaît mieux que personne la loi des convenances.

La jeune fille se rendit à l'observation de l'excellente dame. Pour faire plaisir à Gregory, elle alla se vêtir des cadeaux qu'il lui avait donnés, et Jane l'aida de son mieux à sa toilette.

— Combien ce vieillard doit être riche! fit la domestique.

— Riche! répéta Avice.

Et cette idée, qui ne lui était jamais venue à l'égard de Churcher, frappa son esprit.

—Du moins, ajouta Jane, il n'est pas aussi pauvre qu'on le prétend, car il m'a remis un demi-souverain. Là! il roule sur l'or; à quoi bon le taire? On raconte même qu'il a un faux parquet sous son lit, et que c'est là qu'il garde ses trésors.

Avice se détourna de la glace, l'étonnement peint sur la figure.

— Quelle étrange supposition! murmura-t-elle; personne ne devrait semer de pareils bruits.

— Pourquoi pas, si c'est la vérité? Après cela, libre à lui de se passer de coûteuses fantaisies telles que ces parures dont il vient de vous gratifier. Vous n'ignorez pas qu'il a énormément dépensé aussi pour M. Charles?

— Sans doute. Mais n'est-il pas naturel qu'il paie l'éducation de son petit-fils?

— Assurément. Néanmoins tout prouve qu'il possède beaucoup d'argent.

Il y eut un silence, puis Jane reprit :

—Je serai heureuse de vous revoir bientôt, miss Arden; ne restez pas trop long-temps.

Avice étant descendue, rejoignit le vieux Gregory qui l'attendait, et qui l'emmena dans sa confortable voiture. En route, elle éprouva le désir de lui parler de ce qu'elle avait entendu; mais elle n'osa le faire, car le vieillard ne donnait point ouverture aux confidences. Cependant

elle ne put, durant le trajet, penser à autre chose, sans
se rendre bien compte du sentiment qui l'inspirait. La
course s'accomplit en silence.

Avice fut accueillie avec transports à Waddesdon-Hall;
Charles y était déjà, et le bonheur fut complet de part
et d'autre.

— Ma nièce est ravissante, remarqua gravement madame Vernon. Elle a gagné beaucoup déjà pendant son
séjour à Working. Elle est toujours la même, bonne,
pieuse, sincère. Le Seigneur a exaucé nos prières, Austin, et nous devons lui être reconnaissant

La vieille Martha, qui observait cette scène de sa cuisine, s'avança à son tour, embrassa Avice, et dit en
essuyant des larmes d'attendrissement.

— Elle est tout à fait bien.

Ensuite elle courut prévenir le père Joseph, et ne sut
répondre aux questions du saint prêtre que par ces
paroles :

— Elle est tout à fait bien maintenant.

Durant l'absence d'Avice, une parente de M. Groves,
le mari de la sœur de madame Brooks, devait la remplacer auprès de madame Bennets. Emma — ainsi se nommait-elle, — arriva le lendemain du départ de la jeune
fille, qui ne l'avait jamais vue.

Il ne sera point inutile d'expliquer ici que le mariage

de la plus jeune des demoiselles Bennets avec M. Groves
n'avait pas été très-heureux. Ce dernier avait quitté sa
femme six mois après leur union, pour se rendre aux
Indes, où il avait obtenu un emploi, et où madame Groves
devait le rejoindre à une époque déterminée par lui.
Trois ans s'écoulèrent sans qu'il la mandât, alléguant
des raisons frivoles pour justifier ses délais.

Fatiguée, mortifiée même de ces continuels ajourne-
ments, madame Groves s'embarqua. Plus tard, elle
écrivit pour donner de ses nouvelles, assurant qu'elle
avait été parfaitement accueillie de son mari ; mais ses
parents n'ajoutèrent point une foi entière à sa lettre.

Quant à Emma Groves, une sorte de mystère planait
sur elle, et la famille Bennets ne connut son existence
que peu de temps avant le mariage dont nous venons de
parler. A l'occasion du règlement des affaires, on apprit
que M. Groves devait lui payer cinquante livres sterling
par an ; c'était la rente d'une somme de trois mille livres
qu'un parent éloigné avait légués à M. Groves, à la condition d'en servir le revenu à Emma. Une autre somme
de trois mille livres avait été confiée également au gendre de madame Bennets, en faveur d'un jeune homme
appelé James Groves, qui avait été en pension à Working, et que l'acte désignait comme le frère d'Emma.

Le vieux parent, après la mort de leur père, leur avait

alloué une somme de deux cents livres. Il ne leur avait jamais rien dit de leur père, sinon qu'il avait péri en mer.

Le frère et la sœur professaient le protestantisme ; on présumait que c'était la religion de leur mère, car le beau-fils de madame Bennets avait été élevé dans le catholicisme, ce qui semblait prouver que, du côté paternel, les Groves suivaient la foi romaine.

Madame Bennets regardait comme une obligation de veiller sur Emma, autant toutefois que la jeune fille permettait qu'on s'occupât d'elle. Aussi, aux fêtes de Noël, miss Groves pensa qu'il était de son devoir de remplacer Avice près de la dame infirme. Institutrice dans une excellente pension protestante de Londres, elle passait d'ordinaire ses vacances avec ses amies. Elle vint donc chez madame Bennets, et fit pour elle tout ce que faisait la nièce des fermiers de Waddesdon.

Invitée, à l'occasion des fêtes de Noël, à passer trois jours à Waddesdon-Hall, elle accepta volontiers. Âgée de vingt-trois ans, l'aînée d'Avice par conséquent, elle différait avec elle de caractère, et l'éducation avait encore augmenté ces différences.

Emma Groves se disait protestante, sans se mettre grandement en peine de suivre les prescriptions de sa communion. Elle avait au cœur un sentiment profond et puissant, l'amour fraternel exalté jusqu'à la passion.

4

James était tout pour sa sœur, qui lui écrivait sans cesse. Le jeune homme, qui avait touché son argent à sa majorité, s'était placé en France comme représentant de commerce. Il répondait à l'affection d'Emma autant que peut le faire une nature égoïste. Pendant ses divers séjours en Angleterre, il s'était signalé par des actes peu honorables. Emma savait tout cela, car il ne lui cachait rien. Quoique plus âgé de deux ans que sa sœur, il venait à elle comme un enfant gâté, pour être secouru, réconforté, encouragé à mieux faire. Emma ne se fatiguait jamais de James; il était son culte, sa religion; et bien que les années multipliassent les fautes du jeune homme, elle semblait le chérir de plus en plus.

Emma était très-jolie. Son air gracieux avait séduit madame Temple, la maîtresse de pension qui l'employait, et qui tenait extrêmement à elle. A une rare beauté, miss Groves joignait une capacité réelle, et elle enseignait d'une manière ingénieuse, en causant avec eux, les jeunes enfants d'intelligence bornée qu'on lui confiait. Elle chantait fort bien, et elle cultivait soigneusement sa voix. Elle occupait chez madame Temple une excellente position, car elle plaisait également aux élèves et aux parents.

Quoique Emma fût d'un extérieur charmant, il n'y avait rien de trop délicat, ni de mignon dans sa personne.

Elle avait le visage coloré et les cheveux couleur de jais. Ses yeux, noirs et doux lorsque sa physionomie était au repos, lançaient des éclairs sous l'influence de la plus légère émotion. Ses lèvres roses, quand le sourire les entr'ouvrait, laissaient voir deux rangées de perles brillantes.

Sa mise était simple sans être vulgaire. Son éducation et la fréquentation de la haute société se reconnaissaient dans ses manières distinguées, et faisaient d'elle ce que le monde appelle une personne comme il faut. Avide de l'admiration de ses semblables, elle savait la conquérir.

Emma, qui avait vu plusieurs fois à Londres Charles Vernon, le retrouva avec plaisir à Waddesdon-Hall. Sachant l'engagement conclu entre le jeune homme et Avice, elle le respectait, tout en le considérant comme un arrangement romanesque et de peu d'importance.

Mais cela ne l'empêcha pas de s'amuser avec ardeur. Soit faiblesse ou susceptibilité trop grande, soit qu'elle eût provoqué la malice de la jeune fille, il est certain qu'Avice souffrit beaucoup pendant ces vacances de Noël et qu'elle versa plus de larmes qu'elle n'en avait versé de sa vie. Elle regrettait amèrement de ne pouvoir chanter, et que la nature, qui lui avait prodigué des trésors de tendresse, ne lui eût point accordé les talents de sa rivale.

4.

La voix harmonieuse d'Emma captivait Avice ; et quand la nièce de madame Vernon analysait ses vives sensations, elle se demandait si d'autres n'étaient pas, comme elle, sous le charme.

Ses pressentiments ne la trompaient pas : tout le monde admirait miss Groves ; Austin Vernon et sa femme subissaient l'influence générale ; le père Joseph étudiait Emma, qui faisait rire même le vieux Churcher.

Quand elle dansait, John Arden parlait des anciens jours, des nobles Clayton et de leurs hôtes titrés ; Martha disait que jamais femme semblable ne s'était assise au foyer du manoir. Emma s'entretenait avec Charles Vernon comme personne ne pouvait le faire ; elle parlait des savants illustres de l'époque ; elle connaissait leurs travaux et ce que l'univers en attendait, tandis qu'Avice retenait à peine leurs noms et ignorait complètement leurs ouvrages.

Après le départ d'Emma, la nièce des fermiers de Waddesdon crut remarquer que Charles était silencieux et moins communicatif que de coutume ; au reste, elle ne supportait pas que le jeune homme s'exprimât avec éloges sur le compte de miss Groves, dont elle cherchait à déprécier les qualités. Parfois Charles, surpris, lui demandait :

— Qu'avez-vous donc contre Emma ?

Alors elle s'enfuyait dans sa petite chambre pour y pleurer en toute liberté.

Pourtant il existait une personne qui refusait de payer son tribut d'admiration à miss Groves, c'était Jane, la vieille domestique de madame Bennets; elle lui reprochait beaucoup de choses qu'on tolère difficilement dans une jeune fille.

Il faut dire, avant d'aller plus loin, que Jane, bien que servante fidèle et excellente femme au fond, jugeait avec trop de rigueur; les faits dont elle accusait Emma étaient inspirés par d'autres motifs que ceux qu'alléguait la vieille domestique.

Jane, s'étant rendue à Waddesdon pour visiter madame Vernon, ne tarda pas à amener la conversation sur Emma.

— Miss Groves est une brillante jeune personne, fit-elle; mais son caractère est trop frivole.

— Qu'entendez-vous par là? demanda la fermière.

— A la vérité, miss Groves est en vacances, et elle croit pouvoir user de sa liberté.

— Que voulez-vous dire? insista madame Vernon.

— Oh! pas grand mal. Seulement elle sort tard, plus tard que ne le désirerait madame Bennets.

— Et où va-t-elle ainsi?

— Madame Bennets, vous le savez, se couche de bonne

heure. Dès qu'elle est au lit, miss Groves prend la clé du jardin, rentre avec un beau jeune homme, cause un instant avec lui et le reconduit. Aux observations que je lui adresse, elle répond que, jouissant de son indépendance, elle entend agir à son gré ; que, d'ailleurs, madame Temple est sa meilleure amie, et qu'elle n'est point disposée à faire de confidence à d'autres personnes.

Jane dépeignit Emma sous de telles couleurs, que madame Vernon finit par concevoir une mauvaise opinion de la jeune fille, et elle s'alarma pour Avice, craignant que le premier pas de sa nièce dans le monde ne lui devînt funeste.

VII

LE NOUVEL AN.

Il faisait une splendide saison de Noël. Il gelait fort,
il est vrai; mais le ciel était si pur, le temps si sec,
qu'avec un peu d'exercice on s'échauffait facilement; et
chacun s'accordait à répéter que jamais l'hiver n'avait
été si beau.

Emma Groves était retournée à Working. Avice resta
au vieux manoir avec Charles Vernon et oublia bientôt
ses chagrins.

Le nouvel an arriva.

A cette occasion, le père Joseph reçut une lettre de
miss Waddesdon. La noble jeune fille lui mandait qu'elle

désirait que le commencement de l'année nouvelle fût marqué par des réjouissances spéciales. Trop éloignée de Waddesdon, et ne connaissant point assez le caractère des bons paysans pour savoir ce qui leur plairait davantage, elle envoyait de l'argent au vertueux prêtre, le priant de l'employer de la manière qu'il jugerait le plus à propos.

Naturellement, le père Joseph alla trouver monsieur et madame Vernon. Ils convinrent de réunir les tenanciers au manoir, de leur offrir un thé, puis de leur lire la lettre de miss Waddesdon. Après quoi, chacun d'eux recevrait un bon à échanger contre des vêtements ou du charbon chez les marchands de Working. Enfin, tout vieillard au-dessus de soixante-dix ans devait être gratifié d'un demi-souverain.

Le père Joseph et les fermiers décidèrent encore qu'une lettre, signée par les paysans, serait adressée à miss Waddesdon, en témoignage de reconnaissance. La fête se terminerait par un verre de vin et une part de gâteau distribués à la ronde.

La famille de Waddesdon jouissait de l'affection de tous les habitants de la contrée, et elle le méritait. Demeurée ferme dans la foi véritable, malgré les persécutions, elle était chère, à ce titre comme à beaucoup d'autres, à tous les fervents catholiques.

Les villageois vivaient heureux à l'ombre du manoir : leur petite église était magnifique, leur école prospérait, leurs enfants grandissaient dans la vertu, et les vieillards s'éteignaient paisiblement.

Les tenanciers de Waddesdon ayant été convoqués dans la grande salle du château, le père Joseph leur rappela tout ce qu'ils devaient aux nobles maîtres du lieu, les invitant à remercier Dieu pour le passé, et à prier pour miss Marie.

— Je suis bien aise de vous l'apprendre, mes amis, ajouta le prêtre, l'amitié régna toujours entre les Waddesdon et les Clayton, mes ancêtres; j'ai lu cela dans les vieilles annales de nos maisons. Non-seulement ils se sont alliés souvent ensemble, mais les uns et les autres ont fourni des ministres à l'Église. Les Waddesdon n'ont jamais cessé d'avoir auprès d'eux les Vernon; et les Clayton ont trouvé, à toutes les époques, des amis fidèles dans les Arden. Il est d'autres noms que vous connaissez également, et que je dois prononcer ici avec honneur : il y a deux cents ans, un Gregory Churcher, bailli de ce village, rendit aux proscrits pour cause de religion d'immenses services, favorisant leur évasion et portant leurs messages au péril de sa vie.

Le vieux Churcher, qui était présent, essuya quelques larmes à ce récit.

4.

Emma Groves, qui assistait à la fête avec ses amis de Working, était assise à côté d'Avice. Elle avait entendu dire, comme beaucoup d'autres, que Gregory était un avare au cœur impitoyable, et elle l'avait flétri par des paroles sévères.

En ce moment, elle se reprocha cela comme une mauvaise action. Douée d'un cœur aimant et sensible, elle saisit la main d'Avice qu'elle pressa, en signe d'estime pour le vieux Churcher; et la nièce de madame Vernon rendit aussitôt à miss Groves ce témoignage de sympathie; ses sentiments de jalousie s'évanouirent, et elle prit en elle-même la résolution de ne jamais ouvrir son cœur à ces impressions funestes.

Le Père Joseph reprit :

— Une dame de cette maison, incriminée vers la même époque pour cause de religion, s'enfuit avec une servante qui risqua sa vie pour sauver sa maîtresse, et mourut peu de temps après d'épuisement et de misère. Cette femme s'appelait Catherine Cary. Maintenant, je crois, il n'existe plus de Cary parmi nous.

— Pardonnez-moi, répondit une voix d'enfant : je porte le nom de Cary.

— Oui, Père, ajouta un vieillard en élevant dans ses bras une petite fille de sept ans environ, voici une Cary. Le fils de ma fille, mort ainsi que sa mère et sa femme, m'a légué le soin de cette orpheline arrivée chez moi depuis hier.

Et Gérard May, le bisaïeul de l'enfant, la déposa au pieds du prêtre, qui la prit dans ses bras afin que tout le monde pût la voir.

Elle était charmante avec ses cheveux bouclés, ses yeux bleus et ses lèvres souriantes ; elle paraissait robuste et heureuse. Le Père Joseph bénit Kate — ainsi se nommait-elle ; — puis les gâteaux et les bonbons lui furent prodigués.

Le silence s'étant rétabli, le prêtre annonça qu'il avait une communication importante à faire aux assistants.

— Miss Waddesdon, dit-il, va se marier et beaucoup d'entre vous connaisssnt son futur époux.

Après une pause de deux minutes, il continua avec une douce gravité.

— C'est Henri Clayton qui doit s'unir à miss Waddesdon ; il est brave, humain, généreux, il sera pour vous tous un excellent maître, et je regrette vivement qu'il ne vienne point s'établir en ce manoir avant un an.

Les paroles du Père Joseph furent accueillies par des transports de joie. Le vénérable prêtre quitta la salle avec ses amis, au milieu des bravos universels, et donna des ordres pour que le programme de la fête fût rempli jusqu'au bout.

Les distributions convenues se terminèrent à la nuit, et les paysans s'éloignèrent, bénissant du fond du cœur, miss Waddesdon, qui leur avait procuré une si belle journée.

Gérard May, tenant dans ses bras sa petite fille à moitié endormie, reprit le chemin de sa maison. Au sortir de la grille ouvrant sur l'avenue bordée d'ifs, il aperçut le vieux Churcher qui l'attendait.

— Je désirerais vous parler en particulier, dit Grégory.

Et il jeta un coup d'œil parmi les arbres pour voir si personne ne pouvait l'entendre.

Gérard May porta la main à son chapeau, car Churcher était respecté comme un bon fermier et un maître équitable.

— Que comptez-vous faire de cette enfant? demanda Gregory.

— Je l'élèverai de mon mieux, monsieur, répondit le vieillard.

— Qui prendra soin d'elle ?

— La veuve Brigt, chez qui je loge, se montre bonne pour moi, et elle ne négligera point ma pauvre Kate.

— Je vous engage à la présenter à l'Orphelinat de Working; je paierai pour elle... mais, qu'y a-t-il donc parmi les buissons?

— Rien, monsieur. Redoutez-vous les esprits?

— Nullement, murmura Churcher les yeux toujours fixés sur le même endroit. Faisons route ensemble, que nous nous entretenions encore de l'enfant. Je la soutiendrai tant que je vivrai, en souvenir de ce que le Père Joseph a dit aujourd'hui d'honorable pour ma famille.

— Soyez béni, monsieur, pour cette bonne action, dont le Ciel vous récompensera. Savez-vous qu'on vous prétend puissamment riche?

— Le monde est fou, s'écria Gregory avec humeur. Qu'un homme s'abstienne de prodiguer dans les festins ou sur sa personne l'argent nécessaire pour payer les gages de ses serviteurs ou pour rendre au sol un peu de ce qu'il en tire; qu'il soit sage et fasse son chemin, vite on parle de ses trésors. Apprenez que je n'ai pas le temps d'écouter de pareils bavardages, et que je m'estime heureux de ne plus fréquenter ceux qui les répandent.

— Je n'ai pas eu l'intention de vous fâcher, dit le vieillard.

— Je ne me fâche aucunement. Cependant, je l'avoue, parfois je crains de n'avoir point suffisamment fait pour autrui, en reconnaissance des biens que Dieu m'a accordés ; sous ce rapport, peut-être ai-je mérité le nom d'avare. Quoiqu'il en soit, allez demain chez les religieuses de Working, si vous le pouvez.

Les deux interlocuteurs continuèrent leur route jusqu'à Monk's-Barton. Gregory devait tourner à gauche pour regagner sa ferme, et May descendre une ruelle pour arriver à sa chaumière, distante d'environ cinq cents yards. Ils s'arrêtèrent un moment, dans un endroit éclairé par la lune, et échangèrent encore quelques mots.

La petite Kate dormait, la tête appuyée sur l'épaule de son bisaïeul, et les deux vieillards sourirent en la regardant. Enfin Gregory tendit la main à Gérard, qui s'étonna de ce témoignage affectueux ; il le regarda comme une ratification de la promesse faite par Churcher de prenre soin de l'enfant.

Gregory était presque arrivé à destination, car les murs qui entouraient la cour de sa ferme touchaient la ruelle que devait suivre May. Or, au moment où les deux hommes allaient se séparer, une forme humaine glissa rapidement sur le côté de la voie et les devança. Ils tressaillirent l'un et l'autre, et cherchèrent l'inconnu du regard, mais il avait disparu.

Alors le vieux Churcher demanda :

— Qui est là? Avez-vous besoin de quelqu'un?

Pas de réponse. Il cria de nouveau :

— Que désirez-vous?

Même silence.

— C'est étrange, en vérité, fit Gérard; il est impossible que cet homme ait pu, en si peu de temps, se dérober à notre vue; il faut qu'il se soit caché.

Comme le vieillard achevait cette réflexion, une lumière apparut dans la chambre du concierge de la ferme, et la fenêtre s'ouvrit brusquement.

— Qu'y a-t-il, Janet, fit Churcher.

— Quoi! c'est vous, maître! De fait, j'avais cru vous entendre appeler. N'avez-vous pas la clé de la petite porte enclavée dans le mur?

— Oui, je l'ai, et je vais rentrer. Je m'adressais à quelqu'un que j'ai vu sur la route.

A ces mots, Gregory, accompagné de May, s'avança jusqu'à la porte désignée par Janet, la femme du portier; il l'ouvrit, souhaita le bonsoir à Gérard, traversa le jardin potager en faisant crier le gravier sous ses pieds, pénétra dans sa maison, s'assura que toutes les ouvertures étaient bien closes, puis s'en alla frapper à la porte du concierge.

— Oui, monsieur, fit Janet à demi éveillée

— Votre mari est-il là ?

— Certainement, monsieur.

— Très-bien. Je désirerais quelque chose pour souper.

— Je me lève à l'instant. Vous nous aviez recommandé de nous coucher comme d'habitude, et nous avons obéi ; sans cela, nous aurions veillé pour vous attendre.

Il suffit. Apportez-moi une tasse de café dans le bureau.

Le bureau était une petite pièce meublée d'un pupitre, de quelques chaises, de rayons contenant des livres et d'armoires renfermant une foule de choses disparates ; il y avait des bouteilles de liqueurs, des verres, du sucre, des cuillers d'argent, du tabac, des pipes et des paquets de lettres. On y voyait encore un coffret qu'on eût cru, sans doute, à première inspection, rempli de valeurs ; mais on n'y eût trouvé qu'une nappe d'autel, une aube et des bougies.

Cependant il existait des écus dans le bureau. Une certaine petite armoire, garnie de rayons, possédait un fond de bois mobile. En retirant une tablette, et en exerçant une pression particulière, le fond se détachait, découvrant une ouverture carrée pratiquée dans la muraille.

De cette cachette ingénieuse, le vieux Churcher retirait, de temps à autre, de petits sacs de grosse toile remplis de souverains. Quand il allait à la banque, il prenait dix, quinze ou vingt livres de plus qu'il n'avait besoin, et il les déposait dans l'endroit secret de son armoire. C'était là qu'il puisait quand ils se sentait en veine de faire une bonne action.

Depuis qu'il avait offert à Avice les fourrures d'hiver dont nous avons parlé, il avait ajouté à son trésor beaucoup d'argent provenant de différentes sources. La somme devait être assez ronde, et Churcher ne comptait jamais ce qu'il déposait dans l'armoire.

Eprouvant le besoin d'accomplir un nouvel acte de générosité, il se préparait à prélever une dîme sur sa réserve, pour l'entretien de Kate Cary.

Cependant au moment où nous en sommes, le vieux Gregory, assis à son bureau, devant sa tasse de café, ne pensait point à l'argent; mais son esprit se préoccupait de la sombre figure qu'il avait entrevue, et qui avait disparu d'une façon tout à fait inexplicable, aux abords de la ferme.

VIII

UNE SOIRÉE CHEZ MADAME BENNETS

Craignant d'être importune à cause de son infirmité, madame Bennets sortait rarement de chez elle, ne visitant même jamais sa fille le soir, durant l'hiver. Toutefois, comme c'était une femme charmante, elle projetait d'organiser une petite réunion dans sa maison, avant le départ d'Emma, afin de se distraire avec ses amis.

Dès que madame Bennets eut annoncé à miss Groves ses intentions, la jeune fille, enchantée, commença immédiatement les préparatifs de la fête ; elle le fit avec une intelligence et une habileté qui étonnèrent madame Brooks elle-même.

Sous l'active impulsion d'Emma, la maison de Queen-Square devint une sorte de palais enchanté. La réunion de Waddesdon avait eu lieu le jeudi ; celle de madame Bennets était fixée au mardi suivant ; et ce peu de temps suffit à miss Groves pour disposer toutes choses d'une façon ravissante.

Avice arriva le lundi soir. De son côté, Charles Vernon s'était rendu pour quelques jours chez M. Brooks. Sa présence à Working fut très-utile à Emma, qui le chargea d'attacher les guirlandes de laurier et de fleurs destinées à la décoration du salon de madame Bennets.

La maîtresse de céans, qui ne pouvait prendre part a ces travaux à cause de son bras infirme, donnait des ordres à Jane et à une autre femme qu'elle avait prise seulement pour la circonstance. Elle prononçait en dernier ressort dans les questions douteuses en matière de goût, et on acceptait son jugement sans débat.

Le mardi, à deux heurs de l'après-midi, les apprêts étant terminés, monsieur et madame Brooks et Charles Vernon vinrent dîner et s'asseoir à la table de madame Bennets.

Emma, qui s'était occupée plus que personne de l'organisation de la fête, reçut naturellement des éloges multipliés, et Charles Vernon ne dissimula pas l'admiration qu'il éprouvait pour le talent de la jeune fille.

Avice trouva que miss Groves prenait ces compliments trop à la lettre, et qu'elle-avait l'air de se croire supérieure aux autres. Miss Arden fut mortifiée des manières d'Emma, qu'elle estimait répréhensibles au point de vue de la modestie.

Quoique la tournure de la conversation lui déplût, elle s'efforça de cacher ses sentiments intimes. D'ailleurs elle savait que le cœur de Charles lui appartenait et l'associait à tous ses rêves d'avenir. Sans cette convicion profonde, la vie lui eût été bien dure. Orpheline de bonne heure, douce et affectueuse, Avice ne pouvait comprendre qu'Emma, n'ayant d'attachement fortement prononcé pour aucun de ceux qu'elle fréquentait en ce moment, désirât conquérir l'admiration générale, plaisir fugitif, éphémère distraction qui l'aidait à passer gaiement le temps.

Miss Groves, du reste, réussissait à fasciner tout le monde : hommes et femmes lui obéissaient volontiers, eu cette joyeuse soirée, et s'extasiaient à l'envi devant les remarquables aptitudes qu'elle déployait.

Charles Vernon n'était point le dernier à se prêter aux volontés d'Emma, qui apparaissait comme la reine de la fête; il ne tarissait point sur son habileté et sa grâce à faire les honneurs de la maison, et il la comparait aux dames de la plus haute société.

Avice, bien que s'avouant tout bas que les apprécia-
tions de Charles étaient fondées, ressentait une impression indéfinissable. La vue d'Emma la peinait, et elle
s'affligeait des sentiments qui tourmentaient son propre
cœur. Son âme sans détours se reflétait sur sa candide
figure ; triste, désolée d'elle-même, elle s'accusait de faiblesse, se reprochant d'être soupçonneuse et désobligeante
pour miss Groves.

Jane, la fidèle servante de madame Bennets, remarqua
promptement l'état de miss Arden. L'excellente femme
parlait sans trop de réflexion, et jugeait facilement des
actions d'autrui. S'étant aperçue du combat qui se
livrait dans l'esprit d'Avice, elle ne put s'en taire
avec la personne qui l'aidait, ce soir-là, dans ses
fonctions.

Cette femme, nommée Rachel, était protestante, et
aimait Emma à titre de coreligionnaire. En outre, elle
admirait la beauté de miss Groves, qu'elle ne cessait de
vanter ainsi que le langage distingué de la jeune fille et
l'aisance de ses manières.

— Il y a plaisir, vraiment, disait-elle à Jane, de travailler sous les ordres d'une semblable maîtresse. Que
ne suis-je plus jeune ; j'entrerais volontiers à son service. Je me jetterais pour elle au feu ou à l'eau, et je suis
sûre que beaucoup le feraient comme moi,

Jane écoutait toujours avec bonheur l'éloge des personnes en relations avec la famille de madame Bennets : voilà pourquoi, tout en différant d'avis avec Rachel sur les qualités d'Emma, elle ne songea point à les contredire.

Cependant, après le dîner, tandis qu'elle lavait la vaisselle avec sa compagne, elle murmura :

— Cette séduisante miss Groves, qui possède si fort vos sympathies, essaye, j'en suis convaincue, d'accaparer le fiancé d'Avice.

— Comment le savez-vous ?

— N'ai-je pas des yeux, et n'ai-je point appris à lire sur le visage de miss Arden ? A sa place, je m'occuperais beaucoup moins de la brillante conversation d'Emma.

Rachel répondit en souriant :

— Charles Vernon est un excellent parti. Si miss Groves devenait sa femme, elle ferait sauter, dans l'intérêt de tous, l'argent du vieux Churcher. En vérité, je souhaite de tout mon cœur ce mariage.

— Et vous ne craignez pas que le cœur d'Avice ne se brise ?

— Ne vous alarmez point là-dessus. Je connais la vieille Martha Waddesdon ; elle adore madame Vernon et sa nièce ; eh bien, elle assure que miss Arden, mal-

gré sa timidité, ne manque point d'esprit. Si donc la
jeune fille se sent froissée, elle saura le manifester.

— Soit. Pourtant Charles ne peut épouser deux femmes. S'il pense à Emma, il oubliera bientôt Avice.

L'entretien se termina là, car les deux domestiques,
ayant achevé leur travail, se séparèrent pour aller à
d'autres occupations.

Pendant qu'elles se communiquaient les réflexions rap-
portées plus haut, le Père Joseph vint faire une visite à
madame Bennets. Quand il prit congé de la maîtresse de
la maison, il demanda la permission de sortir par la porte
du jardin, parce qu'il désirait voir une pauvre femme,
habitant près de là.

— Avice, recommanda madame Bennets, reconduisez
le Père Joseph jusqu'au bas de l'escalier.

Et, s'adressant au digne prêtre, elle ajouta :

— Les chambres du rez-de-chaussée sont fermées, car
on a déjà mis le couvert pour le souper.

Miss Arden obéit volontiers. Précédant le Père Joseph,
elle se rendit avec lui dans le vestibule, où elle décrocha
la clé dont elle avait besoin pour ouvrir la porte. Alors
elle se retourna, invitant l'ecclésiastique à passer le premier. Mais le Père Joseph lui dit :

— Arrêtez un instant, Avice, et expliquez-moi pourquoi vous paraissez si malheureuse.

Depuis son enfance, miss Arden avait l'habitude de répondre franchement, sincèrement, à toutes les questions que lui adressait le saint prêtre, et elle agit, en cette circonstance, comme par le passé, avec la même simplicité. D'une voix basse et confiante elle raconta les sentiments qu'elle avait éprouvés à l'égard d'Emma, sa contrariété et son vif déplaisir en voyant miss Groves rechercher l'attention de Charles Vernon. Elle ouvrit son cœur ainsi que les feuillets d'un livre, ne dissimulant ni sa peine, ni sa mauvaise humeur.

— Suivez-moi, mon enfant, ordonna le Père Joseph.

Et ils descendirent l'un et l'autre au jardin. Là, le prêtre reprit :

— Chère enfant, miss Groves vous représente le monde avec ses sourires, ses distractions, ses plaisirs, et vous êtes appelée à vivre en contact avec lui. Je ne vois dans Emma aucune mauvaise intention. Elle n'est pas catholique, sans doute, et je ne lui crois même aucune religion ; mais sa vie est extrêmement active et son esprit très-occupé ; elle accorde aux élèves du pensionnat de madame Temple une large place dans ses affections, et cela est méritoire. Appelée à faire l'éducation de jeunes protestantes, elle est elle-même un des meilleurs types que j'aie rencontrés parmi nos frères séparés. Pour vous, Avice, vous ne connaissez encore le monde que par miss

5

Groves, et vous venez d'éprouver quelques-unes des tribulations qu'il inflige si fréquemment. Cependant n'aspirez point à le suivre dans toutes les voies où il vous appellera. Ne tentez pas plus d'imiter Emma qu'elle ne tâchera de vous imiter. Votre existence diffère de la sienne, et vous devez l'accepter telle que Dieu vous l'a faite, avec ses peines et ses espérances. Ecoutez bien ceci : Apprenez à vous réjouir du succès d'autrui, sinon vous serez malheureuse dans le monde.

— Quoi ! fit Avice, étonnée, me faudra-t-il donc aussi féliciter miss Groves ?

— Oui, il le faut. Emma mène une vie laborieuse, et c'est une jeune fille très-estimable. Ne lui enviez pas la joie de ses vacances. Elle possède des talents qu'on admire justement, et elle aime à les produire. Le succès qu'elle obtient ne peut vous faire aucun mal. Ne visez point à rivaliser avec elle dans la lutte de la vie. Suivez paisiblement votre voie ; et, encore une fois, félicitez miss Groves.

En parlant de la sorte, le prêtre se rapprocha de la porte du jardin. Avice l'accompagna et mit la clé dans la serrure.

Au moment où elle ouvrait, elle vit le Père Joseph se baisser et ramasser un morceau de papier brun d'emballage, tout froissé. Elle pensa que quelque enfant avait jeté cela par-dessus le mur, et elle n'accorda pas d'autre importance à l'acte du prêtre qui était très-soigneux et ami de la propreté. Avice se rappela plus tard cette circonstance.

L'ecclésiastique ouvrit le papier, qui paraissait avoir renfermé un demi-penny, et contenait un autre papier.

— Dieu vous bénisse, enfant, dit le Père Joseph, qui s'éloigna aussitôt.

Miss Arden rentra dans la maison, plus heureuse et fortifiée par les conseils du prêtre. Ayant replacé la clé, elle retourna au salon. Sur la table s'étalaient deux guirlandes magnifiques de fleurs artificielles, destinées à s'entrelacer à la coiffure.

Avice n'avait jamais porté dans ses cheveux que des fleurs naturelles. Aux dernières fêtes de Noël, le vieux Churcher lui avait apporté de la ferme de Monk's Barton un superbe rameau de houx chargé de baies rouges, qu'il lui avait ajusté lui-même autour de la tête en parlant ainsi :

— Ceci me rappelle le roman de ma vie. Il y a bien des années, je couronnais d'une branche semblable le front d'une jeune fille comme vous, et elle me dit : « Père, je vous remercie. » Triste et solitaire à mon foyer, j'ai attendu longtemps des paroles semblables.

5.

— Vous ne les attendrez pas davantage, interrompit Avice.

Et, fixant ses beaux yeux sur le vieillard :

— Père, je vous remercie, ajouta-t-elle.

A ces mots, une larme glissa sur les joues flétries de Churcher; il appela solennellement les bénédictions célestes sur la tête de miss Arden, et protesta que rien au monde ne pourrait briser les liens qui l'unissaient à elle, en vertu des promesses d'alliance formulées à plusieurs reprises. Et Avice répéta :

— Père, je vous remercie.

Ainsi, le jour de Noël, miss Arden avait porté dans ses cheveux un rameau de houx chargé de baies rouges, et son cœur s'était rempli de la plus vive affection pour le vieillard qui lui avait parlé si tendrement. Mais les guirlandes tressées qui reposaient actuellement sur la table n'avaient point été achetées par Gregory, c'était un présent que Charles Vernon voulait offrir à Emma et à Avice.

— Regardez, dit le jeune homme à la nièce de madame de Vernon. Miss Groves s'est adressée à la meilleure maison de Londres; elle a choisi pour elle ces roses rouges, et pour vous cette délicieuse guirlande de fleurs blanches dont les types n'éclosent que dans les serres chaudes. Elle a du goût, n'est-il pas vrai? Avice, vous ąvez dans votre guirlande une feuille de fougère. Qu'en pensez-vous ?

— Admirable ! fit miss Arden ; Charles, c'est trop beau pour moi.

Et elle se prit à rire. Puis elle ajouta :

— Voyons, mettez-la moi.

Charles se rendit au vœu d'Avice, dont les cheveux, en ce moment, étaient en désordre, et qui n'avait qu'une simple robe de toile imprimée. Il trouva la coiffure ridicule, et exprima tout haut son opinion.

Miss Arden fut contristée de ne pas faire plus d'honneur à la parure que Charles lui donnait, et le jeune homme lui-même sembla déconcerté.

Emma, s'approchant de la glace, se para également de sa guirlande. Ce n'était pas la première fois qu'un ornement de ce genre ceignait sa tête, et elle déclara, par politesse, n'en avoir jamais reçu de plus beau. Elle arrangea les fleurs si habilement que, malgré sa toilette plus négligée encore que celle d'Avice, elle avait l'air d'une reine.

S'étant retournée vers les assistants avec une figure rayonnante de plaisir et un air de piquante originalité, elle attendit qu'on la félicitât.

— Parfait ! s'écria Charles. Comme ces roses vous séyent bien !

— Je vous suis très-obligée, monsieur, d'un tel présent, répondit Emma avec une profonde révérence. Quoique mes moyens ne me permettent pas de parures aussi dispendieuses, cependant la place que j'occupe dans le monde exige que je m'habille presque en grande dame. Aussi je garderai le plus longtemps possible cette guirlande. Quand elle sera hors d'usage, après maintes exhibitions dans les bals, les soirées et les concerts de madame Temple, je ne la détruirai point. Mais, si nous vieillissons l'un et l'autre, vous la verrez dans cinquante ans orner mon plus joli bonnet de dentelle et mes cheveux devenus blancs comme la neige.

Miss Groves éclata de rire en achevant ces paroles; Charles l'imita. Avice, trop occupée d'elle-même pour prendre part à la gaieté d'Emma, soupira :

— Je crains bien que mes fleurs ne m'aillent pas.

Sa compagne répliqua d'un ton quelque peu impertinent :

— Qu'est-ce que cela fait? Songeons maintenant à nous habiller pour la soirée.

Cette réponse frappa au cœur miss Arden. Pourtant elle essaya de dissimuler sa peine, retira sa guirlande et suivit Emma. Au sortir du salon, elle rencontra le regard contristé de Charles, à qui elle sourit le plus gracieusement qu'elle put, tout en s'affligeant intérieurement d'être si faible devant ces légères contrariétés.

Avice étant entrée dans sa chambre, trouva une robe de mousseline blanche préparée pour elle et garnie de dentelle à la fermeture du corsage. Elle commença aussitôt à se coiffer, désirant avec ardeur d'ajuster élégamment la guirlande de fleurs.

Ses yeux, en se portant sur la table de toilette, aperçurent un petit paquet qui lui était adressé; elle reconnut immédiatement l'écriture du vieux Churcher; elle se préparait à ouvrir le billet joint à la boîte, lorsque Jane entra.

— Je vous apporte de l'eau chaude, dit la femme de chambre; Emma est descendue en chercher pour elle, et j'ai pensé que vous deviez aussi en avoir besoin. Vos robes sont très-jolies; celle de miss Groves est en soie grise.

— D'où vient ceci? interrogea Avice en montrant le paquet.

— C'est M. Vernon qui l'a apporté de la part de M. Churcher. Ouvrez-le, mis Arden, il contient un présent.

Mais Avice parcourait le billet, et ses yeux se remplirent de larmes à la lecture des lignes tracées par l'homme au style étrange, que tout le monde, à Working, regardait comme doué d'un cœur de bronze.

« J'envoie, écrivait Gregory, un médaillon à l'aimable jeune fille qui, le jour de Noël, m'a donné si affectueusement le nom de père. Ma chère enfant, je suis maintenant un vieillard. Pourtant j'aimai jadis avec la passion de la jeunesse une femme qui fut mon épouse et qui a disparu de cette terre ; elle me laissa un enfant que j'aimai tendrement aussi, et qui grandit pour s'unir à un autre homme. La mère de Charles a disparu également de ce monde, et j'ai conservé dans mon cœur toutes ces saintes affections, dont j'évite de parler précisément à cause de leur profondeur.

» J'avais mon roman. Les jeunes gens affichent les leurs et lisent ceux des autres. Le mien est demeuré enfoui dans les derniers replis de mon âme, sans qu'il ait été donné à personne de le comprendre. Je n'étais pas né pour épancher mon amour sur un grand nombre de créatures humaines. J'ai chéri ma femme et ma fille. Quant à mon petit-fils, je me flattais qu'un jour, grâce à lui, j'aimerais une autre femme, celle qu'il associerait à sa destinée, et, depuis longtemps, Avice, mon choix est tombé sur vous.

» Ce petit médaillon renferme les cheveux des deux êtres adorés que j'ai perdus. Joignez-y les vôtres, chère enfant, et vous le porterez en mémoire de moi. La mòrt me prendra le premier, comme il est naturel, et vous serez mon dernier roman, parce que vous me fermerez les yeux, et que la tombe seule pourra nous séparer. »

Tel était le billet du vieux Gregory Churcher, qui émut singulièrement miss Arden. Elle ouvrit l'écrin de satin blanc, dans lequel reposait le médaillon orné d'un ruban de velours bleu pour le suspendre au cou, et elle ne put s'empêcher de pleurer.

Jane, qui la contemplait en silence, lui fit observer à la fin que ses yeux étaient rouges et son visage enflammé, et qu'on s'inquiéterait tout à l'heure de la voir en cet état. Avice, revenant à elle, cessa de verser des larmes, et baigna ses yeux et sa figure dans l'eau tiède pour effacer les traces de l'impression qu'elle venait d'éprouver.

Elle achevait sa toilette, et la guirlande de fleurs couronnait de nouveau sa tête, quand Emma entra. Miss Groves était véritablement belle ; sa coiffure lui allait si bien, qu'Avice ne put réprimer une exclamation de surprise.

Emma, sans paraître remarquer l'étonnement de son amie, s'empara du flambeau placé sur la cheminée, l'éleva pour examiner Avice, et dit à la jeune fille d'un air railleur :

— Ma chère, cela ne peut passer ainsi.

Miss Arden crut remarquer un changement dans les manières de miss Groves à son égard ; et celle-ci ajouta d'un ton plus sérieux :

— Ne voyez-vous pas que la guirlande vous va fort mal ? Les fleurs sont trop espacées : vous est-il donc impossible de vous mettre convenablement ?

— Voulez-vous que je me prive de ces fleurs ? J'avoue que je ne vous comprends pas.

— Quelle naïveté !

En parlant ainsi, miss Groves enleva rapidement la guirlande qu'elle coupa en morceaux.

— Emma ! Emma ! s'écria Avice.

— Laissez-moi faire. On vous a donné ces fleurs afin que vous vous en pariez. Si vous n'êtes pas bien avec, vous ne devez pas les porter. Ramassez les ciseaux qui viennent de tomber sur le parquet ; enfilez une aiguille. Consentez à être dix minutes le bébé d'une pensionnaire, car nous n'avons que peu de temps. Il ne faut pourtant point que vous soyez laide à faire peur, tout le monde en serait désolé.

Avice, voyant miss Groves s'empresser autour d'elle, finit par croire que la jeune fille avait de bonnes intentions.

Miss Groves reprit :

— Il est inutile de froisser Charles Vernon en portant d'une façon ridicule le présent qu'il a eu tant de peine à se procurer pour vous l'offrir. Asseyez-vous et laissez-moi arranger ces fleurs sur votre tête.

Miss Aden obéit docilement et se plaça sur un tabouret très-bas. Emma se mit à coudre, à tordre les branches, à couper quelques feuilles, et à entrelacer les fleurs avec les longs cheveux d'Avice. Elle travailla activement et assez longuement. Et comme la nièce de madame Vernon demandait grâce :

— Ayez donc patience jusqu'au bout, fit miss Groves. Sachez que ce don destiné à vous être agréable doit aussi procurer du plaisir à celui qui vous l'a fait. Il serait mal à vous d'être indifférente à l'égard d'autrui. Savez-vous bien, Avice, qu'il vous serait facile, si vous le vouliez, de contenter davantage ceux qui vous aiment?

— Que faut-il faire pour cela?

— Je crains que vous ne refusiez de recevoir une leçon de moi.

— Essayez toujours.

— Il existe des âmes tendres, qui accueillent volontiers les présents qu'on leur offre, et qui s'en montrent très-reconnaissantes. Mais ce n'est pas seulement en recevant qu'on éprouve du bonheur. Pour moi, si je professais cette maxime, je n'aurais de plaisir que deux fois l'an, quand je touche mes appointements. Mais j'ambitionne des joies supérieures, et je prise particulièrement celles qui consistent à rendre heureuses les personnes avec lesquelles je suis en rapports. Si vous étiez descendue avec votre coiffure de tout à l'heure, vous auriez joui, sans doute, du cadeau de Charles ; mais lui, eût été mortifié de vous voir paraître avec cette mine disgracieuse. Maintenant, telle que vous êtes, vous lui plairez. Regardez-vous dans la glace, et dites si vous n'êtes point mille fois mieux qu'auparavant.

Avice avoua que sa compagne avait raison ; elle était aussi bien que Charles Vernon pouvait le désirer; et, certes, en ce moment, elle ne ressentait plus l'ombre de jalousie à l'égard d'Emma. Les deux jeunes filles étaient amies au moins pour toute la soirée.

Les invités arrivaient successivement, et bientôt le salon de madame Bennets se remplit. Toutes les connaissances de monsieur et de madame Brooks, qui étaient nombreuses, avaient été invitées.

La soirée fut très-gaie ; Emma y joua un rôle brillant,

et ne s'assit pas une minute. Souvent elle se trouva avec Charles Vernon ; d'ailleurs on se pressait autour d'elle, tandis qu'Alice était comme délaissée , personne ne faisant attention à elle. Miss Groves ayant remarqué la situation pénible de la jeune fille , s'approcha avec Charles, et lui dit :

— Venez donc, et faites actes de présence.

A ces paroles, prononcées avec enjouement , Charles se mit à rire, ce qui blessa la nièce de madame Vernon. Cependant il se faisait tard : la fatigue commençait à gagner les invités, et plusieurs se preparaient à partir.

Avice, par politesse, se leva enfin et les accompagna dans la salle à manger, ou quelques personnes attendaient pour le souper. Tout d'un coup miss Arden entendit un murmure dans l'antichambre ; ayant saisi son nom, elle prêta l'oreille.

Emma disait :

— Que faire à l'égard d'Avice ?

— Il est trop tard pour délibérer là-dessus , répondit Charles. Je prierai sa tante de lui tout apprendre. Mais surtout ne parlez de rien.

— J'en suis fâchée pour elle. Je suis sûre qu'elle aimait...

Ici, la voix de miss Groves s'éteignit. Puis Charles ajouta :

— Pauvre enfant! elle ne se doute pas que tout est fini.

Avice recula, son cœur se glaça, et elle se réfugia derrière un écran placé là pour empêcher l'air de pénétrer de la pièce où se tenaient Charles et Emma. Ils entrèrent l'un et l'autre en ce moment, et parurent surpris de voir tant de monde dans la salle à manger. Ils étaient tout troublés; plusieurs personnes le remarquèrent et plaisantèrent Charles, qui garda le silence. La figure d'Emma passait successivement du blanc au rouge, et quelqu'un lui dit :

— Prenez un peu de vin.

— Pas maintenant, un peu plus tard, répliqua-t-elle.

Sa voix était changée.

Debout et ressemblant à une statue, Avice voulut parler, mais elle sentit que cela lui serait impossible.

Les voitures attendaient les invités, et les voix des cochers retentissaient dans les corridors. L'air frais, entrant dans la pièce par les portes qu'on venait d'ouvrir, donna à miss Arden comme le frisson de la mort. Elle crut lire la désolation sur les traits de Charles, qui la regardait avec bonté. Emma avait l'air d'être en proie à la terreur et au remords.

— Bonne nuit, Emma, dit Charles à mis Groves; il faut que je m'en aille.

Et la nièce de madame Vernon entendit Emma lui demander à demi voix :

— Verrez-vous Avice?

— Non, non, c'est impossible. Gardez le silence. J'arrangerai tout. Bonne nuit.

Il lui tendit la main en regardant avec tristesse la figure accablée de la jeune fille; elle saisit cette main, la pressa fortement et s'éloigna, tandis que Charles gagnait la porte.

Alors Avice s'élança vers le jeune homme, et lui prenant le bras :

— Charles, fit-elle, vous ne sortirez pas sans me parler. Où allez-vous ainsi?

— Impossible de vous satisfaire maintenant. Hélas ! il est des choses que vous n'apprendrez que trop tôt.

Et lui jetant un regard infiniment triste, il la repoussa doucement et s'enfuit en quelque sorte de la salle.

Avice passa dans une autre pièce où elle trouva Emma et quelques personnes.

— Comme vous paraissez fatiguée, miss Groves ! dit quelqu'un.

En effet, Emma était comme anéantie ; elle tressaillit à la vue de miss Arden, et elle retint une exclamation prête à lui échapper. Les yeux des deux jeunes filles se rencontrèrent : le regard d'Avice était affligé, profond et chargé de reproches ; le regard de miss Groves, égaré, semblait implorer merci.

Quelques-uns des invités encore présents remarquèrent l'étrange scène. L'altération des traits d'Emma était si frappante, qu'il était impossible de n'en point rechercher la cause. La conclusion générale fut que miss Groves avait supplanté Avice dans le cœur de Charles, et qu'elle était effrayée de son succès.

— Où Charles est-il allé ? lui demanda miss Arden avec toute la fermeté dont elle fut capable.

— A Waddesdon... je le suppose... ne vous l'a-t-il pas dit ?

— Nullement. Vous a-t-il expliqué pourquoi il se rendait au manoir ?

— S'il me l'a expliqué ? balbutia Emma ; oui... du moins je le crois.

Miss Groves était près d'une table sur laquelle il y

avait un plateau chargé de verres, et elle étendit la main pour en prendre un. Les cristaux se heurtèrent quand Emma les toucha, et ce bruit attira l'attention de monsieur et de madame Brooks, qui étaient là encore avec quelques visiteurs. Avice lança un coup d'œil étrange à sa compagne, qui s'éloigna de la table et se jeta sur un sofa.

— Je vous en prie, Avice, dit Emma, donnez-moi un verre de vin.

Il y en avait de deux sortes sur le plateau, et miss Arden répliqua :

— Lequel désirez-vous ?

— Il n'importe.

Avice s'empressa de satisfaire Emma, qui avala d'un trait le breuvage contenu dans le verre ; puis elle se renversa sur le dossier de son siége.

Miss Arden la fixa attentivement un instant ; après quoi elle se dirigea vers la cheminée, pour remettre en ordre les vases de porcelaine qui l'ornaient.

Pendant la demi-heure qui suivit, le reste des invités montèrent en voiture et se retirèrent.

Madame Brooks, demeurée jusque-là avec sa mère, s'approcha de miss Groves et lui dit :

— Au revoir, Emma.

Voyant que la jeune fille ne faisait aucun mouvement, elle se tourna vers son mari, et ajouta :

— Comme elle dort ! vraiment, ce serait dommage de l'éveiller.

M. Brooks, s'étant avancé à son tour, examina la figure d'Emma.

— Vous croyez qu'elle dort? fit-il en regardant sa femme avec une expression singulière. Emmenez votre mère de cette chambre.

— Qu'y a-t-il donc? s'enquit madame Brooks alarmée.

— Il y a que ce sommeil est celui de la mort, repartit le médecin à voix basse.

Sur l'invitation de madame Brooks, Avice appela madame Bennets, et la conduisit dans sa chambre à coucher. L'excellente dame ne soupçonna rien; elle pensa qu'Emma était endormie et qu'on ne voulait pas l'éveiller brusquement.

Lorsqu'elle fut seule avec miss Arden, elle lui dit :

— Vous paraissez horriblement fatiguée, ce soir. Pour moi, je ne le suis pas du tout, et cependant je pense m'être autant amusée que vous. Mais voilà les jeunes gens ! leur pouls bat vite et leurs forces s'épuisent rapidement.

Avice ne répondit pas, car le chagrin l'oppressait. Toutefois elle n'avait rien entendu de ce que M. Brooks avait dit à sa femme ; elle croyait seulement Emma harassée et indisposée. Elle resta auprès de madame Bennets jusqu'à ce que celle-ci fut couchée. Alors elle songea à se retirer dans sa petite chambre, tandis que Jane vaquait aux soins du ménage ; mais, changeant subitement d'avis, elle retourna au salon.

Emma était étendue sur le sofa, dans la position où miss Arden l'avait laissée. Tout était en désordre autour de la jeune fille. Les yeux de madame Brooks étaient rouges de larmes et sa figure contractée.

Avice, s'avançant vers la table, demanda lentement.

— Qu'est-il donc arrivé ?

Madame Brooks éclata en sanglots, et son mari répliqua :

— Dieu veuille que vous soyez complètement innocente en tout ceci.

— De quoi voulez-vous parler ? reprit miss Arden en contemplant Emma innanimée sur le sofa.

— Vous avez versé à boire, tout à l'heure, à miss Groves, et vous avez caché une bouteille de poison sur la cheminée.

— J'ai mis de côté un flacon qui contenait le médicament dont se sert madame Bennets. Mais, de grâce, expliquez-vous.

— Il vaut mieux garder le silence ; au moins cela est préférable pour vous, déclara monsieur Brooks.

— D'où vient qu'Emma est étendue là sans mouvement ? Qu'avez-vous fait ?

Avice tremblait, ses dents claquaient, et elle pouvait à peine articuler ses paroles.

— Miss Groves est morte, dit le médecin.

Puis, voyant l'état affreux de la nièce de madame Vernon, il ajouta d'un ton moins sévère :

— Je vous engage à vous retirer. J'ai envoyé chercher un de mes amis qui nous apprendra ce que nous devons faire.

Au même instant, le timbre de la porte retentit, et M. Brooks reprit vivement :

— Allez, allez, miss Arden.

Madame Brooks l'invita également à sortir.

— Je vous accompagnerai, fit-elle avec douceur.

En effet, elle monta avec la jeune fille ; et, arrivée dans la chambre d'Avice, elle lui dit :

— Demeurez tranquille. Monsieur Brooks est complaisant pour ses amis, quoiqu'il soit un homme équitable. Ne vous croyez pas délaissée. Couchez-vous et dormez, si vous le pouvez ; de mon côté je ne vous oublierai pas.

Là dessus, madame Brooks s'éloigna. Des bruits de pas retentissaient dans le salon, et le timbre sonnait une seconde fois, annonçant un nouveau visiteur, car monsieur Brooks avait fait entrer le premier.

Avice, restée seule, se mit à réfléchir. Que signifiait le langage de monsieur Brooks? Pourquoi lui vantait-on l'indulgence du médecin, et promettait-on de ne point la délaisser? A quoi fallait-il attribuer l'immobilité d'Emma? Autant de questions que miss Arden se posait sans pouvoir les résoudre.

Tout à coup, un trait de lumière lui révéla l'horrible vérité : miss Groves était morte ou mourante, et on l'accusait, elle Avice, d'avoir empoisonné la jeune fille.

En présence de l'affreuse découverte, miss Arden de-

vint froide et pâle comme le marbre. Elle comprenait
maintenant pourquoi madame Brooks lui avait parlé de
la bonté de son mari ; l'excellente femme la jugeait coupable d'un crime épouvantable, séparant celui qui l'avait
commis du reste de l'univers, et c'était pour cela qu'elle
s'était engagée à ne point l'abandonner.

Or, disons-le tout de suite. Avice était innocente.
Il est vrai qu'elle s'était crue gravement outragée ;
mais nulle pensée de vengeance ne lui était venue à l'esprit.

La pauvre enfant s'assit, s'enveloppa d'un grand manteau de laine, et donna libre cours aux désolantes pensées qui l'obsédaient. Elle se rémémora chacune des paroles prononcées entre Charles et Emma, dans le cabi-
net ; elle se rappela leurs visages bouleversés, son nom
tombé de leurs lèvres, et la phrase du jeune Vernon, annonçant que tout était fini.

Que ce fût ou non la faute d'Emma, elle sentit que ses
espérances de bonheur étaient perdues sans retour. Tout
la confirmait dans la conviction que, dans cette nuit fatale, la plus grande des épreuves avait commencé pour
elle.

— Sans doute, murmurait-elle, je l'ai mal supportée.
Mon cœur est brisé. Mais, commettre un attentat
semblable à celui dont un m'accuse, non, grâce à Dieu,

je ne l'ai point fait et n'en ai même point conçu l'idée.

Saisie d'horreur au souvenir de l'odieuse imputation qui pesait sur elle, Avice se leva frissonnant, et serra autour d'elle son manteau de drap.

— Qu'ai-je fait pour être soupçonnée ainsi? murmura-t-elle. Monsieur Brooks paraît me reprocher d'avoir versé à boire à Emma. Oui, c'est vrai. Il y avait sur la table deux sortes de vin, et j'ai offert au hasard un verre que miss Groves a vidé immédiatement. J'ai bien vu, en effet, une petite bouteille sur le plateau ; elle contenait ou avait contenu une préparation de morphine dont monsieur Brooks avait recommandé à madame Bennets de ne jamais user sans autorisation. Il m'avait dit d'en prendre soin, et de serrer la potion dans cette armoire placée dans ma chambre.

En achevant ce monologue qu'elle raconta plus tard, Avice alla à l'armoire; elle était ouverte, et la bouteille absente.

— C'est bien cette bouteille, reprit-elle. Aussi tout étonnée de la trouver au salon, je la mis dans le vase de porcelaine qui orne la cheminée, afin qu'elle fût hors de portée ; mais je n'ai nullement songé à la cacher ; je ne me suis pas même préoccupée de savoir si elle était pleine ou non. M. Brooks prétendrait-il donc que j'ai versé

le contenu du flacon dans le verre que je présentai à
Emma, qu'elle reçut de mes mains, et qu'elle épuisa
d'un trait? Oui, telle est bien sa conviction, je ne saurais en douter. Me sachant fâchée contre Emma, il croit
que je l'ai empoisonnée pour me venger. Mais, Dieu soit
béni! je ne l'ai pas fait.

La jeune fille se rassit en silence. Son âme s'éleva vers
le Tout-Puissant, et elle le remercia de ne point se sentir
capable d'un pareil crime.

Un bruit de pas retentit en ce moment à la porte, qui s'ouvrit doucement, et madame Brooks parut.

— Je viens vous apprendre, fit-elle, que ces messieurs
ont eu une consultation au sujet d'Emma, et qu'elle n'est
point morte. Seulement, après avoir absorbé une dose
aussi forte, on ignore si elle pourra survivre, Je suppose
que vous êtes contente que miss Groves n'ait point succombé?

— Si j'en suis contente! est-il besoin de le demander? qui, dans cette maison, ne s'efforcerait d'empêcher le malheur que vous redoutez, s'il le pouvait?

— M. Brooks m'a averti qu'on ne vous interrogerait
pas.

— M'est-il donc défendu d'affirmer que je n'ai point

commis cette mauvaise action ? les paroles de M. Brooks m'inculpent cependant. Quant aux circonstances qui semblent motiver l'accusation, je ne suis pas la maîtresse de les changer. Toutefois, madame, je vous rappellerai que d'autres personnes ont été traitées en criminels sans être plus coupables que moi. Ah ! il est cruel d'avoir à se défendre d'un tel attentat. Hier encore, je n'eusse point cru qu'on pût me soupçonner jamais d'un acte de ce genre. Quoiqu'il en soit, aussi longtemps qu'on m'imputera le crime, je le nierai avec énergie, tout en remerciant Dieu d'être restée innocente.

— Couchez-vous, et essayez de reposer, recommanda affectueusement madame Brooks. Tout ce que peut la science humaine sera employé à l'égard d'Emma, et on ne la quittera pas d'un moment. C'est une étrange affaire. Pauvre enfant ! il se passera des heures, des jours peut-être, avant que nous ne sachions si elle vivra. Mais on a besoin de moi ; il faut que je vous quitte.

Madame Brooks partit, et Avice demeura seule. La nièce de madame Vernon, brisée par tant d'émotions, appuya sa tête au dossier de son fauteuil et tomba dans une espèce d'engourdissement qui, sans être le sommeil, lui ôta le sentiment de sa terrible situation. Elle revint à elle au bout de quelques heures, et se rappela la grande douleur qui régnait dans la maison, puis retomba de

6

nouveau dans la torpeur d'esprit et de corps, qui l'arrachait heureusement à de poignantes réflexions.

Avice s'éveilla une seconde fois, à l'entrée de madame Brooks.

La pauvre femme, éplorée, excédée de fatigue, dit à la jeune fille d'une voix altérée.

— Descendez, si vous le pouvez, miss Arden.

Et elle se mit à pleurer à chaudes larmes.

Elle ajouta :

— Hâtez-vous.

Et comme Avice se levait, pâle et stupéfaite, elle s'approcha et reprit.

— Auparavant, laissez-moi enlever ceci.

Madame Brooks , étendant la main , retira les fleurs froissées que miss Arden avait gardées dans ses cheveux. Cet acte rappela à la nièce de madame Veron l'œuvre et les paroles d'Emma, la veille, lorsque miss Groves témoignait un si vif désir qu'Avice fût agréable à Charles. Hélas ! quelques heures seulement s'étaient écoulées entre ces aimables procédés et l'instant actuel , et déjà tout était changé : Emma avait supplanté son amie.

— Votre oncle, monsieur Vernon, est ici, insista madame Brooks, et il faut absolument que vous le voyiez. Allez le trouver avant que nous ne lui ayons parlé

A ce nom, Avice se sentit réconfortée. Elle comprit que

son devoir était de supporter courageusement son épreuve, par amour pour ceux qui avaient soigné son enfance,
lui avaient prodigué leur tendresse et donné une éducation chrétienne. Elle suivit donc madame Brooks dans la
salle à manger, où se trouvait le médecin avec un personnage inconnu. La porte de la rue était ouverte; l'air
froid, pénétrant dans la pièce, fit du bien à miss Arden
qui avait la fièvre.

Monsieur Vernon, qui était aussi dans la salle, se
précipita au-devant d'Avice et l'entoura de ses bras, comme s'il eût voulu la protéger. Il la pressa sur son sein et
dit :

— Messieurs, un accident affreux est arrivé dans cette
maison, et vous avez exprimé d'étranges soupçons à l'é-
gard de cette jeune fille. Selon vous, sous l'empire d'une
criminelle jalousie, elle aurait empoisonné Emma Groves, et l'aurait réduite à un tel état, que votre expérience
médicale la juge perdue.

Le médecin et son ami s'inclinèrent en silence.

Il y avait une demi-heure que M. Vernon était chez
madame Bennets, où il avait tout appris. Il se pencha
vers Avice et reprit :

— Mon enfant, personne ne vous a-t-il dit pourquoi
Charles est parti si soudainement? Saviez-vous qu'on
l'avait envoyé chercher?

6.

— Non, cher oncle.

— C'est moi qui ai mandé mon fils. S'il ne vous l'avait point expliqué, ne l'attribuez qu'à son affection pour vous, et non à d'autres motifs, car il s'agissait d'une funeste nouvelle. Au commencement de cette nuit, la maison de monsieur Churcher a été forcée. Un messager est venu m'annoncer que le vieillard se mourait des blessures qu'il avait reçues. On a appelé le médecin le plus proche, et j'ai fait inviter Charles à se rendre près de son aïeul. Messieurs, ajouta le bon fermier en s'adressant à monsieur Brooks et au personnage qui se tenait à ses côtés, on a envoyé à Gregory Churcher une somme considérable; mon beau-père a pu distinguer la figure du voleur, et il prétend qu'il le reconnaîtrait parfaitement.

— Asseyez-vous, et donnez-nous les détails que vous avez recueillis, fit madame Brooks.

Et le médecin avança une chaise.

Austin Vernon répliqua :

— Mes amis, — car je suppose que je puis encore vous donner ce nom, — mes amis, je suis un homme de l'ancien temps, et je désire que mes paroles ne vous offensent point. Mais d'odieux soupçons ont été formulés cette nuit contre une jeune fille que je regarde comme la mienne; voilà pourquoi je refuse de m'asseoir dans une maison où on l'accuse, et je ne souffrirai pas qu'elle

demeure plus longtemps sous ce toit. Vous prenez parti
pour les vôtres, et je ne vous en blâme point : si un empoisonnement s'était accompli dans ma demeure, comme
vous je voudrais éclaircir la chose. Mais il est de mon
devoir de défendre les miens. Or, je l'affirme, quiconque
impute le crime commis à l'enfant que je tiens dans mes
bras est un calomniateur. Je le répète, nous resterons
amis, bien que nous ayons, peut-être, des opinions différentes. Sachez-le, je persisterai à la face du monde en-
tier dans ma manière de voir. Cependant, je consens à
vous donner les détails que vous réclamez relativement
à M. Churcher. Mon beau-père a pour concierge Richard
Myers et sa femme Janet. Hier, il envoya Richard à la
ferme d'Heatherfield, et le portier ne devait revenir
qu'aujourd'hui. Mais, ayant terminé de bonne heure les
affaires dont on l'avait chargé, il se décida à partir à la
nuit. En entrant dans la ferme du Mok's Barton, il s'aperçut qu'une fenêtre au rez-de-chaussée avait été forcée.
Alarmé de cette découverte, il se hâta de pénétrer dans
l'habitation, prit une allumette dans sa poche et l'alluma.
Tout était tranquille; mais son allumette s'éteignit bientôt, et il en alluma une seconde pour continuer son inspection; à cette faible lueur, il vit sa femme gisant au bas
de l'escalier, incapable de parler, et tenant encore la
chandelle avec laquelle elle était descendue. Richard,

ayant rallumé le flambeau, remarqua que l'infortunée avait le bras fracassé ainsi que la mâchoire. De plus, en tombant, probalement, elle s'était déboité le pied, de sorte qu'elle ne pouvait plus remuer. Myers, hors de lui et fou de douleur, s'élança sur l'escalier. M. Churcher était étendu sur le seuil du bureau qui renfermait sa caisse. Il y avait eu une lutte acharnée, et le pauvre vieillard était presque insensible. Richard appela au secours et dépêcha à la poursuite du voleur. Chose singulière ! Le concierge, en route, s'était arrêté dans une auberge demeurée ouverte toute la nuit à cause de la foire, et où les bouviers obtenaient toujours de la nourriture pour leur bestiaux et un verre d'eau-de-vie pour eux-mêmes; il remarqua, dans cette maison, un homme portant des marques de coups et son habit déchiré. Ce personnage changeait de l'argent, et on le plaisantait sur ses contusions reçus à la foire, pensait-on. Celui qui m'apprit l'horrible tragédie me dit que M. Churcher n'avait pas une heure à vivre, et j'envoyai aussitôt le messager quérir ici mon fils. Charles, en ce moment, est à Monk's Barton, où il restera tant que son aïeul aura besoin de lui.

M. Vernon ayant terminé son récit, ajouta en parlant à Avice :

— Maintenant partons, chère enfant.

Et s'adressant de nouveau aux assistants :

— Messieurs , ne vous offensez pas de ma conduite, recommanda-t-il encore; mais Avice ne peut rester davantage dans cette maison ; il faut qu'elle revienne chez moi.

Personne ne tenta de s'opposer aux décisions du fermier, qui agissait, on le sentait, avec prudence et dignité. Miss Arden remonta dans sa chambre, et revint bientôt, vêtue de sa robe de mousseline , un châle sur les épaules et un manteau par-dessus. Elle monta dans le cabriolet de son oncle, avec l'aide de M. Brooks et de sa femme, qui s'efforçaient, par ces attentions, de lui prouver l'intérêt qu'ils lui portaient. M. Vernon les remercia ; mais la jeune fille , absorbée dans de douloureuses pensées, ne prononça pas un mot.

Elle s'assit à côté de son oncle, et ils sortirent de Working. Les reverbères brûlaient encore dans la ville. Les voyageurs prirent la grande route, parsemée de coins obscurs et d'ombres fantastiques. Avice connaissait parfaitement cette voie avec ses chênes gigantesques, ses ormes élevés , ses vieilles haies de sombres ifs; chaque pierre, chaque détour, lui étaient familiers. Quoique ces divers objets eussent conservé leur physionomie accoutumée , ils ne lui avaient jamais fait la même impression qu'en ce moment où , fugitive et sous le coup d'une terrible accusation, elle allait se réfugier sous un toit dont elle devait faire la désolation.

Les paroles de M. Vernon, en l'éclairant sur la conversation de Charles et d'Emma qu'elle avait surprise, lui avaient causé une joie profonde. Ce dialogue qui lui avait paru si étrange et si inquiétant, s'expliquait tout naturellement; il s'agissait, entre les deux jeunes gens, du drame de Monk's Barton. Mais le bonheur qu'elle éprouva ne dura guère : il s'évanouit sous le cruel sentiment de sa situation présente. L'idée seule d'être accusée d'un crime abominable la jetait hors d'elle-même. Aussi demeura-t-elle silencieuse et immobile à côté de son oncle, tant que dura le trajet.

Le cabriolet allait très-vite et arriva promptement au vieux manoir de Waddesdon. Il franchit la grille d'entrée, et pénétra vers sept heures, par une froide matinée de janvier, dans l'allée sablée conduisant à l'habitation.

Madame Vernon attendait sa nièce.

— Avice! fit-elle en apercevant la voiture

— Oui, c'est-elle, répondit Austin. Menez-la à sa chambre, mettez-la au lit sans la questionner; puis vous redescendrez, et je vous parlerai.

— Comme elle est glacée! murmura madame Vernon en prenant les mains de la jeune fille.

— Je le crois bien, par le temps qu'il fait. Couchez-la

promptement, et que Martha lui monte du thé chaud.
Mais surtout pas un mot, je vous en prie. Je vais à l'é-
curie, et je serai de retour dans cinq minutes. Ma chère
femme, j'ai bien des choses à vous dire.

X

LE LENDEMAIN

Charles Vernon avait quitté la maison de madame Bennets avec le messager que lui avait expédié son père pour lui apprendre la nouvelle de la blessure de son aïeul. Il trouva à la porte la voiture du vieux Churcher, attelée du vigoureux cheval de Monk's Barton

Emma était avec le jeune homme lorsqu'on prévint ce dernier qu'un étranger le demandait sur-le-champ ; miss Groves, ayant entendu dans le corridor un entretien animé, s'y rendit, tout inquiète, et Charles la conduisit dans le vestibule, où il lui raconta la catastrophe.

Avice, qui se tenait près de là, surprit certaines phrases, comme nous l'avons dit précédemment.

L'envoyé avait déclaré que M. Churcher devait être mort, qu'on était sur la trace du meurtrier, et qu'on réussirait, sans doute, à l'arrêter.

Avice s'était élancée vers Charles au moment où il s'éloignait, et il l'avait repoussée, de peur de trahir l'émotion qu'il ressentait.

Le jeune homme étant monté en voiture, s'élança sur la route de Waddesdon-Hall, où il échangea quelques mots avec son père et sa belle-mère ; puis il se hâta de partir pour Monk's Barton. Il avait emmené avec lui Carter et Martha. Le premier devait revenir à Waddesdon pour donner des renseignements plus précis; mais la bonne Martha se proposait de rester. Elevée à Monk's Barton, elle n'avait quitté cette ferme que lors du mariage de la fille du vieux Churcher avec Austin Vernon. D'ailleurs, en un pareil moment, elle était assurément la personne qu'il fallait pour soigner son ancien maître et diriger la maison jusqu'à la guérison de Janet.

On mit dans la voiture du pain, des vivres, du vin, des essences, des veilleuses, du linge, des bandages, de la flanelle, et une foule d'autres choses que Martha réclama comme nécessaires.

— Nous ne pourrons nous occuper d'emplettes au

milieu de la nuit, observa-t-elle en réunissant ces divers objets,

Carter revint bientôt avec un billet de Charles, annonçant que tout allait aussi bien que possible , et que son aïeul se rétablirait promptement de ses blessures , au dire du docteur. Le jeune homme ajoutait que le vieillard avait su déployer une grande vigueur contre le meurtrier, qui n'avait pas réussi à consommer l'odieux attentat. Mais il représentait sous d'autres couleurs l'état de la pauvre Janet. Le scélérat qui avait forcé la ferme de Monk's Barton avait brisé les dents et fracturé le bras de la malheureuse femme. Néanmoins , là n'était pas le danger ; elle souffrait de la tête plus que de tout le reste , et on craignait une congestion cérébrale. L'arrivée de Martha lui fut très-agréable.

harles terminait en demandant qu'on avertît Avice et qu'on l'amenât sans retard, Gregory désirant la voir.

Aux premières heures du jour, après un rapide déjeûner, Vernon partit pour Monk's Barton ; il trouva son beau-père dans la position la plus satisfaisante, quoiqu'il eût la tête couverte d'emplâtres et les membres contusionnés.

Il était dans son bureau lors de l'attaque de l'assassin. Il avait bien entendu quelque bruit en bas, mais, croyant que c'était la voix de Janet, il ne s'en était nullement préoc-

cupé, pensant que le mari de la concierge était rentré
Tout à coup un inconnu se précipita dans la pièce et le
renversa sans dire un mot. L'armoire aux écus était ou
verte, et le fond déplacé. Le vieux Churcher engagea une
lutte désespérée; tout en se défendant, il se dirigeait vers
la porte, afin d'avoir plus d'espace et d'attirer l'attention
de Janet.

Vais le voleur était trop habile pour permettre à
Gregory cette manœuvre. Il le retint dans le bureau,
l'accabla de coups et le laissa sans connaissance. L'argent
disparut.

Tel fut le récit du vieux Churcher à son gendre.

— Combien vous a-t-on pris ? demanda le fermier de
Waddesdon.

— Quatre cents livres en souverains et cent soixante-
dix en billets de banque.

M. Vernon parut surpris.

— Vous pensez, je le vois, reprit Gregory, que j'avais
une mauvaise habitude en plaçant de telles sommes dans
mon armoire? Je ne suis pas de votre avis, et si c'était à
recommencer, je le ferais encore.

— J'ose croire que non, murmura Austin. Mais parlons
d'autre chose: J'ai ramené Avice à la maison. Emma Gro-
es est malade.

— Elle est malade! s'écria Charles avec vivacité. Qu'a-t-elle donc? A mon départ, elle était singulièrement émue, car elle s'impressionne facilement. Nous pensions que mon aïeul avait beaucoup plus de mal. Je vous assure, grand-père, que sa figure était bouleversée, car elle vous aime sincèrement, je l'affirme.

Le vieux Churcher, bien qu'affaibli, parlait facilement. Il avait écouté Charles attentivement. Quand le jeune homme eut terminé, le malade se tournant de son côté, lui dit d'un ton sec :

— De qui s'agit-il?

— D'Emma Groves, monsieur. Vous ne sauriez imaginer quelle trouble elle ressentit à la funeste nouvelle

— Donne-moi des détails plus précis, invita Gregory en fixant sur Charles son regard brillant, gris et froid.

Le jeune homme, étonné de l'intérêt soudain que ses paroles éveillaient dans l'esprit de son aïeul, raconta exactement son entretien avec Emma.

— Où était Avice? Comment a-t-elle pris cela?

Charles expliqua le mouvement de la jeune fille, à l'instant où il quittait la maison de madame Bennets, et ses questions anxieuses. Il ne cacha pas qu'il avait refusé de lui rien dire, de peur de lui causer une trop vive douleur.

— Vous pensiez, à Working, que j'avais été assassiné?

— Le messager nous le laissa croire. Je n'eus pas le

courage d'annoncer cela brusquement à miss Arden. J'ai fait pour le mieux, grand-père.

— Je n'en doute pas, Charles, où est Avice ? J'avais le désir de la voir.

— Monsieur, j'ai transmis votre vœu à mon père.

— Effectivement, déclara M. Vernon. J'ai ramené ma nièce ce matin ; elle est indisposée, et j'ai omis, dans l'intérêt de sa santé, de lui communiquer vos volontés.

— Si elle n'est pas à l'agonie, il faut que je la voie, s'écria le vieillard d'un ton fâché. Charles, pars à l'instant et va la chercher, je l'exige absolument. Je le répète, je veux la voir au plus tôt. Depuis le terrible drame je n'ai pensé qu'à elle. Qu'on l'amène donc.

— J'irai, dit Charles.

Mais M. Vernon l'arrêta.

— Non pas toi, fit-il.

Cet homme excellent craignait qu'Avice ne fût victime de nouveaux soupçons. Il ne pouvait supporter l'idée que son fils, dont il connaissait le caractère, conçût un instant seulement des doutes à l'égard de la jeune fille, si pure et si vertueuse, et qu'il la jugeât capable d'avoir trempé dans le crime qui avait conduit Emma Groves aux portes du tombeau.

Charles, en effet, agissait toujours sous l'empire de ses impressions ; et, malheureusement, il se laissait

impressionner sans raisonner. M. Vernon était convaincu
que le plus léger soupçon éloignerait son fils d'Avice,
non parce qu'il cessait de l'aimer, mais parce que son
cœur brisé ne réussirait point à dominer ses premiers
mouvements. Voilà pourquoi le bon fermier s'empressa
de dire :

— J'irai chercher Avice moi-même.

Il retourna immédiatement chez lui, attristé profondément par les deux terribles épreuves de la dernière nuit,
l'assassinat de M. Churcher et l'état désespéré d'Emma.

Avice était levée lorsque M. Vernon reparut à Waddesdon. Madame Vernon était plongée dans une inexprimable désolation; jamais son mari ne l'avait vue en proie à
une telle douleur, même à la mort de la petite Nelly.

— Que faire, Austin? demanda-t-elle. A qui recourir
pour obtenir des éclaircissements sur cette déplorable
affaire ? Comment pénétrer le sombre mystère? Ah ! de
ma vie je n'ai tant souffert.

— Dieu saura manifester la vérité, répondit Vernon.
Puis, s'adressant à miss Arden :

— Avice, ajouta-t-il, M. Churcher tient à vous voir.

— Moi

— Oui, vous. Il n'aura pas de repos qu'il ne vous ait
vue. Cependant son état n'inspire aucune inquiétude. Il
n'en est pas de même de la pauvre Janet.

— Le père Joseph part à l'instant pour la visiter , dit Avice. Est-elle donc en danger ?

— Le médecin prétend que non; mais la secousse qu'elle a éprouvée est grave pour une personne de son âge. Hâtez-vous. Je ne ferai point dételer le cheval , car je souhaite de reprendre immédiatement avec vous la route de Monk's Barton.

— Pourrai-je rester chez M. Churcher? interrogea miss Arden.

— Y pensez-vous? s'écria madame Vernon.

Le fermier regarda la jeune fille d'un air sévère , car le désir qu'elle exprimait de quitter sa famille en ce moment l'accusait.

— Vous ferez comme il vous plaira, répondit froidement M. Vernon.

Avant de sortir de la pièce, Avice fixa ses yeux sur son oncle et sur sa tante; elle les vit échanger un regard significatif , qui la cloua à sa place ; l'affreuse pensée que ces deux êtres chéris , qui lui avaient servi de père et de mère, pouvaient la soupçonner aussi , lui traversa l'esprit, et elle demeura comme foudroyée, tenant le bouton de la porte.

Enfin elle fit un pas de leur côté, et leur dit :

— Je ne suis allée chez madame Bennets que par affection pour Charles; sans ce motif, je n'y aurais jamais mis les pieds. Quand je me séparai de vous, ne me promîtes-vous pas...

M. Vernon, qui était le plus rapproché de la pauvre jeune fille, l'interrompit du geste ; mais elle continua en sanglotant ;

— Ne me promîtes-vous pas...

— Pourquoi doutez de nous ? dit le fermier.

— Parce que vous-mêmes doutez de moi, s'écria miss Arden.

Et elle fondit en larmes.

M. Vernon la prit dans ses bras, et lui dit affectueusement :

— Acceptons courageusement les épreuves que Dieu nous envoie, et soumettons-nous à ses volontés. Avice, nous supporterons ces peines ensemble. Préparez-vous donc.

Miss Arden s'éloigna, et madame Vernon se disposait à en faire autant.

Où allez-vous ? s'enquit son mari.

— A la chapelle. Que Dieu me pardonne d'avoir un seul instant mal jugé cette enfant. Austin ! Austin ! comme le doute est cruel en pareil circonstance !

Avice revint bientôt, vêtue comme il le fallait pour se rendre à Monk's Barton.

— Vous n'emportez pas d'effets ? demanda le fermier.

— Non ; je ne resterai pas.

— Vous êtes émue en ce moment.

— Je ne sais.

Et elle fit un violent effort pour se contenir ; ensuite elle ajouta :

— Je ne resterai pas à cause de Charles.

— Parfaitement. Oui, vous avez raison.

En même temps, M. Vernon aida la jeune fille à monter en voiture, il se plaça à ses côtés, et lança le cheval sur la route.

Le père Joseph, qui se trouvait à Monk's Barton, où il était venu visiter Janet, alla au-devant de M. Vernon et de miss Arden, à leur arrivée, et il les rencontra dans le corridor.

— Rendez-vous immédiatement auprès de M. Churcher, que je quitte à l'instant, dit-il à Avice ; le vieillard désire vous voir seul à seul.

La jeune fille monta l'escalier et frappa à la porte.

— Entrez ! invita Gregory.

Le prêtre et le fermier passèrent dans le parloir, que Martha avait pris soin de ranger.

— Que peut vouloir mon beau-père à ma nièce ? fit le fermier.

— Il l'aime beaucoup ; son rêve, le roman de sa vie, est qu'elle habitera cette maison, quand elle aura épousé Charles, et qu'elle lui rendra le bonheur qu'il a perdu avec la mère du jeune homme, sa fille adorée. Il paraît dur de caractère, mais il existe dans son cœur une fibre impressionnable à l'excès, que sa fille avait le don de faire vibrer. Ce vieillard est étrange, en vérité.

— C'est bien l'homme le plus original que j'aie connu, répliqua vivement M. Vernon. Pourtant, père Joseph, je crois connaître la cause de ses bizarreries. La mort de sa femme, puis celle de sa fille, ont brisé son cœur, et il est demeuré sans famille, triste, maussade, solitaire. Lorsque je me remariai, et qu'Avice vint habiter chez moi, ce vieillard, qu'on regarde à tort comme un avare, se prit à aimer la nièce de ma femme, et décida aussitôt qu'elle épouserait Charles. Avice et le vieux Churcher se plurent mutuellement, et tout allait au mieux. Mais il nous est arrivé un grand malheur. Mon fils est très-impressionnable; vous savez qu'après la perte de la petite Nelly il ne put rester avec nous. Aujourd'hui miss Arden est son espoir. Or, je crains que l'événement dont je parle ne rompe les projets arrêtés. Avice, tout-à-l'heure, en partant, m'a laissé entendre qu'elle partage mes alarmes.

— De quel malheur s'agit-il ? interrogea le prêtre. Je ne vois rien qui puisse produire l'effet que vous redoutez.

— Veuillez vous asseoir, Père, et je vous raconterai cela.

Les deux interlocuteurs ayant pris place à côté l'un de l'autre, Vernon rapporta en peu de mots les tragiques événements de la nuit précédente, chez madame Bennets : l'empoisonnement d'Emma et les charges qui pesaient sur Avice.

— Charles sait-il les accusations dirigées contre la jeune fille ? s'informa le prêtre.

— Il les ignore encore; mais il importe qu'il connaisse tout le plus tôt possible.

Le Père Joseph fut de cet avis, et ajouta :

— M. Vernon, vous me donnez beaucoup à penser.

— N'en parlons plus pour le moment, dit le fermier.

Le prêtre se levant en silence, se mit à parcourir la pièce de long en large, livré à de profondes réflexions.

M. Vernon s'en alla dans le jardin clos de murailles, situé derrière la maison, où il trouva Charles.

Pendant ce temps, Avice était entrée dans la chambre du vieux Churcher. Dès que le malade l'aperçut, il s'écria :

— Fermez la porte, chère enfant.

La jeune fille obéit et s'approcha du lit où le vieillard reposait, presque tout habillé et enveloppé d'une

vaste redingote grise qu'il portait ordinairement. Il avait
la tête entourée de bandages, et l'inquiétude perçait dans
son regard profond.

Avice, touchée de l'émotion qu'elle remarquait dans
l'accent de Gregory, s'approcha de lui, s'inclina, le baisa
au front, et arrangea ses cheveux gris en disant :

— Je suis heureuse que vous m'ayez mandé.

— Merci, mon enfant bien-aimée, merci de cette
bonne parole ! mais savez-vous pourquoi je vous ai envoyé chercher ?

— Je le devine. N'est-ce pas parce que vous me ché-
rissez ?

— Oui, oui, ce motif là n'est point étranger à ma démarche. Avice, asseyez-vous et écoutez-moi.

— Vous allez vous fatiguer à parler, et le médecin
vous l'a sans doute défendu ?

— Au contraire, cela me fatiguerait de garder le silence ; d'ailleurs, je ne puis m'entretenir avec personne
autre que vous. Enfant, j'espère que je pourrai vous aimer toujours.

En achevant ces mots, il la regarda fixement ; ses yeux
gris exprimaient l'inquiétude sous ses sourcils froncés,
et ils étaient si perçants qu'Avice put à peine supporter
leur regard inquisiteur.

— Enfant, répéta-t-il, je suppose que je pourrai vous aimer toujours?

— Pourquoi non? Que signifie ce langage? murmura la jeune fille d'une voix tremblante.

Et elle devint pâle et froide.

— Songez, ajouta le vieillard, que je mourrai bientôt peut-être.

Puis, s'interrompant brusquement.

— Enfant, s'enquit-il, avez-vous reçu la lettre et le médaillon?

— Oui, un peu avant l'ouverture de la soirée chez Mme Bennets, et je me proposais de vous remercier d'une seule fois pour toutes les peines que vous avez prises. Que vous êtes bon, monsieur Churcher! quelle gracieuseté de votre part de m'adresser une lettre semblable, remplie de sentiments les plus tendres!

— Enfant, appelez-moi du nom après lequel mon cœur soupire depuis si longtemps, et dites-moi si vous êtes digne encore de mon affection, de l'affection d'un honnête homme. Quoique vous affirmiez, je vous croirai.

Avice se recueillit un instant avant de répondre. Ses couleurs lui revinrent, et elle ne tremblait plus. Les paroles de confiance du vieux Churcher lui rendaient la vie.

— Mon existence, déclara-t-elle enfin, menaçait d'être

misérable ; mais il n'en sera rien, car j'ai trouvé un ami. Père, je le déclare en présence de Dieu, je suis digne de l'affection d'un honnête homme, digne de la vôtre par conséquent, et je n'ai jamais rien fait dont je doive rougir.

Appuyé sur le coude, et se rapprochant de la jeune fille, Gregory ajouta d'un ton animé :

— Avice, le meurtrier, le voleur était un homme jeune et robuste. Il m'a frappé d'une façon furieuse, essayant de m'étouffer en me comprimant la bouche avec un mouchoir et en me pressant la poitrine de ses genoux. Je le reconnaîtrais entre mille. La lutte a été terrible, car, bien que je sois vieux, je ne manque encore ni de nerf, ni de vigueur, et les forces de ma jeunesse semblaient me revenir avec la colère qui me transportait. Par un effort suprême, je parvins à déchirer le mouchoir, que je désirais garder comme pièce de conviction. Le scélérat devinant probablement mon dessein, tenta de me l'arracher ; il fut réduit en lambeaux, saturé de son sang et du mien ; mais je réussis à conserver un fragment dans ma main. La police est venue dans ma maison ; j'ai tu mon secret. Regardez, Avice, et souvenez-vous que quoique vous disiez je le croirai. Je connais, enfant, votre sincérité, votre foi pure, et j'ai confiance en vous. Regardez donc.

7

Le vieux Churcher ouvrit sa main et montra le coin d'un mouchoir de batiste, taché de sang, sur lequel les lettres d'un nom étaient tracées, et ces lettres formaient le nom d'Avice Arden : le mouchoir appartenait à la jeune fille !

— Maintenant, reprit Gregory, sans donner le temps à Avice de parler, dites-moi quand, pour la dernière fois, vous vous êtes servi d'un mouchoir semblable à celui-ci?

— Je ne le sais pas ; du moins il y a bien trois mois. J'en ai six tout pareils, les meilleurs que je possède.

— Les auriez-vous prêtés à quelqu'un?

— Non.

— Avice, ne me cachez rien ; apprenez-moi la vérité tout entière.

— Voici ce que je me rappelle : Le jour de la fête offerte par miss Wadesdon à ses paysans, un enfant tomba et s'écorcha le front. Il pleurait beaucoup; Charles le releva et demanda un linge pour étancher le sang qui coulait de la plaie. Je montai rapidement dans ma chambre, d'où je rapportai un de ces mouchoirs. Charles, l'ayant trempé dans l'eau du puits, lava la blessure de l'enfant, tordit ensuite le mouchoir et l'étendit sur une haie voisine pour le faire sécher. Je n'y pensai que fort tard, et quand j'allai pour le reprendre, il avait disparu.

Croyant que Martha l'avait enlevé, je ne m'en inquiétai pas davantage.

— Très-bien, fit le vieillard. Ce soir-là, quelqu'un nous surprit, Gérard May, l'aïeul de la petite Cary, et moi, au moment où nous venions de nous arrêter pour causer, dans le haut de la ruelle. Un individu glissa dans les ténèbres, sans que nous pussions distinguer qui il était. De retour chez moi, j'examinai les ouvertures de ma maison, et ne découvris rien de suspect. Le personnage en question était au guet sans aucun doute, parmi les ifs, quand Gérard et moi nous nous éloignâmes de la chapelle de Waddesdon, car il me sembla entendre quelque bruit, et j'en fis la remarque. Je possède certaines preuves, et j'espère en obtenir d'autres. Toutefois, gardez le silence là-dessus jusqu'au moment où vous serez invitée à vous expliquer. Naturellement, si on vous appelle eu justice, votre devoir sera de dire la vérité. En attendant, il faut vous abstenir de parler à ce sujet. Promettez-moi de le faire.

Avice promit.

Ensuite le vieux Churcher lui indiqua une armoire où elle trouverait du papier, de l'encre et des plumes; puis il l'invita à consigner par écrit l'histoire du mouchoir et la manière dont il était tombé aux mains du vieillard.

Le papier et le mouchoir ayant été soigneusement pla-

7.

cés sous enveloppe et cachetés, furent déposés dans une petite boîte.

— A présent, dit le malade, portez cela dans la chambre de la chapelle, dont vous me remettrez la clé.

Miss Arden se conforma aux volontés du vieux Churcher, échangea avec lui quelques paroles affectueuses et le quitta.

M. Vernon ramena à Waddesdon le Père Joseph en même temps que sa nièce.

Le prêtre, étant rentré chez lui, alla d'abord à son oratoire, d'où il descendit à son petit parloir. John Arden s'y présenta presque aussitôt.

— Voici, monsieur, dit le serviteur, ce que j'ai trouvé dans les poches de votre grand pardessus.

Et il étala devant son maître divers objets, parmi lesquels le Père Joseph prit un papier froissé, le même qu'il avait ramassé dans le jardin de Mme Bennets, au moment où, la veille, il s'entretenait avec Avice. Il l'ouvrit, aperçut quelques lignes, les lut attentivement, réfléchit, et se dirigea vers une armoire dans laquelle il renfermait des livres et des papiers; il en tira une boîte de fer blanc, où il plaça le billet, et sortit dans le jardin pour se promener.

X

PENSÉES ET ACTIONS.

Dès qu'Avice fut de retour à Waddesdon, elle alla trou
ver sa tante. L'excellente femme et la jeune fille se rendirent compte en ce moment de ce qu'elles étaient l'une
pour l'autre. Miss Arden n'avait pas de plus proche parente que Mme Vernon, et celle-ci également n'avait personne de plus cher au monde que cette enfant élevée par
ses soins. D'un regard, les deux femmes mesurèrent
l'étendue de leur amour réciproque.

— Je voudrais vous entretenir de Charles, fit Avice.

— Et moi, j'ai le même désir, répondit Mme Vernon.

Votre vie et le bonheur de Charles font en quelque sorte partie de mon existence, et je ne saurais être heureuse sans vous. Dites-moi, chère enfant, que sait-il de l'affaire?

— Je ne lui ai pas parlé à Monk's Barton. Mon oncle l'a informé de la maladie d'Emma, et il en a été étonné. Je n'ai rien dit non plus à M. Churcher du triste événement.

— Je ne serai point tranquille que je ne sois allée moi-même à Monk's Barton, car il faut que M. Gregory et son petit-fils soient instruits de tout. Je suis sûre de m'entendre parfaitement avec M. Churcher, et je lui expliquerai les choses en présence de Charles. Cet homme aime qu'on agisse franchement, et il serait mécontent si on lui laissait ignorer davantage ce qui s'est passé. Quant au jeune homme, notre devoir est de l'avertir. J'ai dépêché quelqu'un à Working pour avoir des nouvelles d'Emma; on m'a rapporté qu'elle vit encore.

— Qui avez-vous envoyé? demanda Avice.

— J'ai envoyé Kilty — c'était la domestique qui secondait Martha, — elle est partie dans la voiture du messager, et elle est revenue à pied. La femme qui aidait Jane, durant la funeste soirée, lui a conté une histoire au sujet d'Emma, prétendant que miss Groves aurait essayé d'attirer l'attention de Charles pour vous enlever son affection : misérables bavardages, assurément, mais qui, vu les circonstances, sont fort désagréables. Avez-vous eu quelque contrariété avec le jeune homme?

— Nullement; mais je me suis méprise sur la cause de son départ, ce qui m'a rendu très-malheureuse. Emma possède des attraits si puissants, qu'elle m'efface complètement, et j'ai eu la folie, je l'avoue, de douter de Charles. Il m'aime uniquement, j'en suis maintenant convaincue, et il n'a pas même soupçonné ma faiblesse.

— D'autres personnes l'ont découverte, déclara madame Vernon, puisqu'on s'en est entretenu à la cuisine. Avice, confiez-moi tout.

La jeune fille raconta naïvement ses angoisses pendant la conversation de Charles et d'Emma dans l'antichambre. Sur quoi madame Vernon s'écria :

— Ces bavardages de Working nous rendent bien malheureux. Il importe que Charles n'ignore rien de tout cela. Avice, avez-vous bien pu jamais douter de lui.

— Hélas ! oui.

— Quoi ! vous qui avez une âme si confiante?

—Assurément, si Charles pouvait connaître les choses telles qu'elles sont, je n'aurais aucune crainte. Mais comment obtenir ce résultat? Dans nos épreuves nous comptons sur Dieu parce qu'il pénètre jusqu'au plus profond de nos cœurs, et qu'il sait y démêler facilement la vérité. Il n'en est pas de même des hommes, qui ne jugent d'ordinaire que sur les apparences.

La jeune fille s'exprimait avec un sens profond, indiquant l'habitude des réflexions sérieuses. Madame Vernon ne lui répondit que par un baiser, et alla trouver son mari.

Dans la soirée, la femme du bon fermier avait quitté Waddesdon pour se rendre à Monk's Barton. Le vieux Churcher était dans son fauteuil, devant un feu qui flambait gaiement dans l'âtre, réflétant son éclat sur les vases de métal et les casseroles servant à la cuisine. Sur le buffet apparaissaient de vieilles porcelaines que plus d'une noble dame eût convoitées; de vieilles glaces aux formes bizarres ornaient la muraille de chaque côté.

Il faisait déjà sombre lorsque madame Vernon arriva à Monk's Barton; mais la lune était dans son plein, et la visiteuse n'était pas fâchée d'avoir à s'entretenir avec le malade en ces heures paisibles, où la nature elle-même semble convier au recueillement.

Pour souhaiter la bienvenue à l'excellente femme, on avait servi le thé à cinq heures. Ensuite, pendant que la vieille Martha enlevait le plateau, madame Vernon alla voir Janet. Etant revenue dans la pièce où était le vieillard, elle s'assit à ses côtés. Grégory fixait son regard austère sur la flamme, dont la vivacité annonçait une forte gelée pour la nuit.

— Monsieur Churcher, commença enfin la femme du fermier, de graves inquiétudes oppressent mon cœur, et cela me soulagerait de vous en expliquer les causes. Vous m'assisteriez de vos conseils, si vous étiez assez fort pour tout entendre. L'histoire que j'ai à vous raconter, monsieur, est bien triste.

— Mon amie! fit le malade.

Et il n'ajouta rien autre chose. Il prononça ces paroles d'une voix rude et altérée. Mais madame Vernon, avec son tact de femme, saisit parfaitement l'expression de sensibilité qui se mêlait à l'accent de Gregory. Aussi, étendant le bras, elle posa sa main sur le poing fermé dont le vieillard se pressait le genou. Elle le comprit, il luttait contre l'émotion qu'il avait l'habitude de dissimuler toujours.

— Faites appeler Charles, s'il vous plaît, reprit madame Vernon, car l'affaire le concerne. Je l'aime, à la vérité, comme s'il était mon propre enfant; mais je serai plus à l'aise, monsieur, en votre présence, pour lui tout apprendre.

Le vieux Churcher garda le silence. Mais, prenant sa grosse canne, il frappa sur le plancher d'une manière

7

particulière. Martha, qui connaissait le sens de ce signal, accourut aussitôt.

— Charles Vernon, sur-le-champ, ordonna le malade

Le jeune homme n'était pas loin; il se présenta d'un pas léger, la figure franche et souriante. Ayant approché une chaise de l'âtre, il s'assit en face de son aïeul.

Alors madame Vernon s'exprima en ces termes :

— Charles, je suis venue communiquer à votre grand-père et à vous des choses qui me préoccupent vivement.

Et elle raconta fidèlement les impressions d'Avice pendant la soirée de madame Bennets, ses soupçons à la suite de la conversation surprise entre Charles et Emma, puis sa tristesse et sa douleur.

L'honnête et sensible fermière rapporta les bavardages faits à Working, et les observations que la peine mal dissimulée de sa nièce avait provoquées parmi les hôtes de madame Bennets.

Une ou deux fois, Charles voulut interrompre madame Vernon; mais elle ne le permit pas.

— Nous savons tout ce que vous désirez expliquer, mon cher fils, déclara-t-elle. Avice connaît maintenant pour quel motif vous vous êtes éloigné; votre père le lui a dit quand il est allé la chercher à Working

Pendant tout le récit de la fermière de Waddesdon, le

vieux Churcher demeura les yeux fixés sur la flamme, retenant dans la sienne la main de madame Vernon, et la serrant parfois d'une façon témoignant clairement l'émotion qu'il éprouvait.

La tante de miss Arden continua :

— Les choses en étaient là, Charles, lorsque vous partîtes. Emma ayant demandé du vin, Avice lui en offrit un verre, dans lequel il y avait de la morphine, comme on l'a constaté depuis. Miss Groves avala le breuvage, tomba immédiatement en léthargie, et sa vie est en péril. Vingt minutes, environ, s'écoulèrent avant qu'on ne remarquât sa triste situation. La morphine avait été serrée dans la chambre à coucher d'Avice, qui avait écrit elle-même l'étiquette collée sur la bouteille. Or, cette bouteille, on ignore comment elle se trouvait, la nuit dernière, dans la salle à manger de madame Bennets; et Avice l'ayant prise, la plaça sur la cheminée, dans un vase de porcelaine, comme pour la cacher.

Charles, à ces mots, bondit sur sa chaise, et s'écria :

— Assez!

Le jeune homme debout, la figure bouleversée, se montrait saisi d'horreur.

Le vieillard tourna la tête du côté de madame Vernon. Ses yeux rouges lançaient des éclairs ; un tremblement convulsif agitait ses membres. Son émotion toutefois, se calma bientôt, et il redevint plus impassible que jamais.

— Je ne prétends pas qu'Avice ait commis le crime, poursuivit la fermière d'un ton grave; mais on la soupçonne, et les apparences sont contre elle.

Charles n'en put entendre davantage. Il tomba sur ses genoux et cacha son visage dans le coussin en tapisserie garnissant la chaise qu'il venait de quitter.

Le vieux Churcher, sans un soupir, sans témoigner autrement ce qu'il ressentait qu'en pressant plus fort les doigts de madame Vernon, s'adressa à la femme qu'il avait appelée son amie, et lui demanda :

— Qu'arriva-t-il ensuite?

— Quand Austin se présenta chez madame Bennets, au point du jour, pour faire part de l'attentat commis contre vous, monsieur, il trouva toute la maison autour de miss Groves et accusant Avice. Il ramena ma nièce à Waddesdon, dans sa toilette de soirée, avec sa robe froissée, et enveloppée d'un manteau.

En achevant ces paroles, madame Vernon dirigea son regard sur le vieux Churcher; un sourire éclairait la figure du vieillard. Ensuite elle examina Charles. Le jeune homme, dans la même attitude qu'auparavant, sanglotait.

— Il l'a ramenée sous notre toit et rendue à mon affection! que Dieu le bénisse! ajouta la fermière après une pause.

Gregory lui adressa un coup d'œil tellement sympathique, qu'elle se sentit comprise du malade. Elle reprit en se tournant vers Charles :

— Mais tout le monde ne peut avoir confiance en elle comme nous, et Avice le sait. Nous nous en remettons à Dieu, à qui rien n'échappe et qui lit au fond des cœurs, faculté que les hommes ne possèdent point. Charles, je doute que vous partagiez nos dispositions à l'égard de ma nièce, et vous reculez devant l'idée de donner le nom d'épouse à une jeune fille soupçonnée d'empoisonnement. Monsieur Churcher, il ne faut pas que votre petit-fils s'unisse à elle contre-cœur.

— Soulève-moi, Charles; aide-moi à me lever, réclama le vieillard.

Le jeune homme s'empressa d'obéir. S'étant approché de son aïeul, il se pencha vers lui. Gregory, passant les bras autour du cou de Charles, se redressa.

— Au revoir, madame Vernon, dit-il; vous êtes pour moi une véritable amie, et vous avez parlé sagement.

Charles, la tête appuyée contre le marbre élevé de la cheminée, murmurait :

— Mon affection me brise le cœur.

Il prononça ces paroles avec un tel accent de désespoir, que le vieux Churcher le regarda et dit :

— Charles, tu sens vivement ; il ne faut pas que l'ombre d'un soupçon existe dans ton esprit à l'égard de la femme que tu épouseras. Il convient donc d'en rester là tant que les choses seront dans la même situation.

— Oui, mon cœur est brisé, répéta le jeune homme. Il y aura certainement un procès ; il faudra exposer les faits publiquement, et il en restera une tache ineffaçable. Le soupçon, à lui seul, suffirait à empoisonner nos existences.

— Rien de plus vrai, constata lentement Gregory. Aussi, avec le consentement d'Avice, nous romprons le mariage projeté. Charles, et vous, madame Vernon, écoutez-moi.

Le tremblement de la voix du vieillard trahissait l'effort qu'il faisait pour se contenir ; mais, appelant à son aide toute sa fermeté, il maîtrisa son émotion. Laissant déborder son cœur, il poursuivit d'une voix forte et pleine de douleur :

— Je renonce au roman de ma vie ; oui, j'y renonce, et je vais vous expliquer pourquoi, si j'en ai le courage.

Madame Vernon et Charles se regardèrent, alarmés de l'angoisse peinte sur les traits du vieillard.

Gregory ajouta :

— Je renonce au roman de ma vie, parce qu'Avice est trop vertueuse pour que nous accordions sa main à un homme qui ne lui donnerait point toute sa confiance, ni ne professerait pour elle tout le respect qu'elle mérite. Me comprenez-vous? Quant à moi, les événements ne me déconcertent point. Quoique je voie en ce moment s'évanouir mes espérances les plus caressées, mon affection reste la même; car le doute ne saurait entrer dans mon cœur, je l'affirme de toute l'énergie de ma conviction.

En parlant ainsi, le vieux Churcher frappait le parquet de sa canne. Sa voix résonnait dans le parloir comme une sorte de sanglot.

— Non, répéta-t-il avec force, ce qui s'est passé ne m'impressione aucunement à son égard. Elle sera pour moi ce qu'elle fut toujours, la meilleure et la plus pure des femmes.

En terminant cette protestation, les larmes ruisselèrent sur son rude visage, et il sortit de la pièce d'un pas mal assuré.

Madame Vernon et Charles regardèrent le vieillard s'éloigner. Chaque fois que sa canne frappait le parquet, ce bruit leur allait au cœur. Ils savaient l'un et l'autre combien il devait lui être cruel d'abandonner un rêve si longtemps poursuivi.

Enfin le pas inégal de Gregory s'arrêta au pied de l'escalier ; Charles s'élança sur les traces de son aïeul.

— Bonne nuit, mon fils ! lui dit sa belle-mère.

Et elle entra dans la cuisine, où elle trouva Martha, sa vieille et fidèle amie, à qui elle raconta tout ce qui s'était passé au sujet d'Emma Groves.

Puis, madame Vernon, ayant fait atteler, retourna à Waddesdon-Hall.

A son arrivée, ella s'entretint avec son mari et Avice ; et elle n'hésita point, parce qu'elle le jugeait nécessaire, à répéter à la jeune fille les paroles de Charles.

Elle ajouta :

— Vous ne voudriez pas, chère enfant, qu'il vous sacrifiât le bonheur de sa vie. Vous ne pouvez accepter que l'alliance d'un homme ayant pleine confiance en vous, n'est-il pas vrai.

— Je vous comprends, répondit Avice. Il est inutile de rien ajouter. Que la volonté de Dieu soit faite !

XI

LE VERDICT.

Au jour de marché qui suivit la soirée de madame
Bennets, la gazette de Working circulait, partout, racon-
tant avec des détails mensongers la jalousie de miss Arden pour Emma Groves et l'empoisonnement de cette
dernière par un verre de morphine.

M. Vernon, qui se trouvait à la ville, avoua à sa femme,
quand il fut de retour, que la lecture de cet article lui
avait fait infiniment de mal.

— J'ai voulu plusieurs fois expliquer l'affaire telle
qu'elle est, mais lorsque les gens n'ont pas besoin de la
vérité, ils la repoussent.

— Et miss Groves? s'enquit madame Vernon.

— Je suis allé chez madame Bennets : Emma se réta-
blira. Les membres de la famille ont été très-polis avec
moi. J'ai vu M. Brooks et l'homme qu'il avait mandé de
Londres. Ils regrettent tous l'article de la gazette.

Le bon fermier s'essuya les yeux et laissa échapper un
profond soupir, car son cœur honnête était froissé au-delà
de toute expression.

— Femme, demanda-t-il après un silence, qu'en pensez-vous !

J'ai peu de chose à vous dire. Vous rappelez-vous que,
le soir où je revins de Monk's Barton, Avice nous quitta
en prononçant ces paroles : « — Il est inutile de rien
ajouter. Que la volonté de Dieu soit faite ! — »

— Je m'en souviens parfaitement. L'épreuve est terrible pour nous tous, pour elle surtout qui chérissait Charles. Cependant je ne puis me faire à l'idée que le jeune
homme ne l'épousera pas. Charles, en ce moment, est
écrasé sous le poids de son chagrin, et je ne savais comment le consoler quand il connut l'histoire malveillante
répandue dans Working. Il sera prouvé, assurément, que
la gazette a menti.

— Il y a tant de choses dont on peut également établir
la vérité ou la fausseté, quand on ne voit que les apparences ! soupira madame Vernon. Hélas ! je crains fort

qu'il n'eu soit ainsi pour le cas présent, et que les esprits ne restent en suspens. Les amis d'Avice ne cesseront sans doute jamais d'admettre son innocence ; mais ses ennemis répéteront toujours : Prouvez-la. Aussi longtemps que l'innocence de la jeune fille ne pourra être démontrée, son honneur restera flétri. Donc, d'après mon opinion, il est mieux pour elle et pour Charles de ne plus songer à une alliance. Je ne dis pas que c'est juste, mais cela me paraît préférable. Austin, soyez de mon avis.

— Cela les tuera.

— On ne meurt jamais, croyez-le, quand on agit conformément à ses intérêts et avec réflexion. Si Avice se résout au parti que je propose, soyez sûr que Charles ne s'y opposera pas.

— Avez-vous parlé au Père Joseph ?

— Oui ; et Avice l'a fait également. Il lui a conseillé de s'entendre avec Charles pour rompre à l'amiable leurs engagements mutuels.

— Plus tard ils reviendront l'un à l'autre. Je ne blâme pas précisément mon fils ; pourtant sa conduite me satisfait médiocrement ; il n'eût pas dû prendre une semblable attitude à l'égard de sa fiancée.

— S'il l'épousait, il vivrait avec elle le cœur ulcéré,

l'esprit chagrin, et cette existence pleine de soupçons ne serait bonne pour personne.

— Mais il n'y a que mensonge dans les imputations formulées contre Avice, s'écria Vernon avec amertume.

— J'en conviens. Néanmoins, il ne suffit pas de demander justice pour l'obtenir. Attendons l'heure fixée par Dieu. Quant à Avice, qui ne peut guère rester ici, j'ai pensé à l'offrir à M. Churcher. Le vieillard serait charmé de la posséder, et Charles pourrait venir à Waddesdon toutes les fois qu'il lui plairait.

— Non, non, répondit le fermier, il n'en sera point ainsi : je ne saurais bannir Avice de ma maison, pas même pour mon propre fils; je ne me le pardonnerais point. D'ailleurs Charles vient rarement. Mais vous semblez vous parler à vous-même. A quoi pensez-vous en ce moment?

— Je réfléchis à trois mots dans lequel le Père Joseph a résumé ses conseils à Avice.

— Quels sont-ils?

— Droiture, charité, patience. Si nous agissons loyalement et charitablement, la patience fera le reste. Vous ne résisterez pas, j'en suis convaincue, aux avis du vénérable prêtre.

— Si vous voulez exercer votre patience, lisez la

gazette de Working, murmura M. Vernon en s'éloi-
gnant.

Charles étant venu deux jours plus tard à Waddesdon,
Avice lui ouvrit son cœur.

— Je sais que vous m'aimez sincèrement comme je
vous aime, dit-elle; mais nous n'avons pas tous le même
caractère. Vous êtes impressionnable; les calomnies des
feuilles publiques, le procès inévitable, la tache qu'il laissera peut-être sur mon honneur, tout cela détruira le
bonheur de votre vie.

— Hélas! soupira le jeune homme, l'affection que je
vous ai vouée brise mon cœur.

— Alors, Charles, oubliez-moi. Rendez-moi ma promesse; je le désire.

Le jeune homme regarda miss Arden.

— Je le désire, répéta-t-elle.

Il consentit, et tout fut terminé.

Néanmoins Avice lui adressa une lettre afin qu'il eût
par écrit son désistement; il lui répondit par une autre
lettre, pour qu'elle pût prouver de son côté qu'elle avait
obtenu sa liberté engagée par les fiançailles précé-
dentes.

La pauvre enfant avait agi avec droiture et charité;
quant à la patience, elle essaya de la pratiquer de son
mieux.

Il est des peines de telle nature que, tenter de les adou-
cir à force de sympathie et de paroles consolantes, ne
servirait qu'à les aigrir. C'est ce que comprenaient admirablement les parents et les amis d'Avice. Aussi, durant
les jours et les semaines qui s'écoulèrent après l'acte
courageux de la jeune fille, gardèrent-ils le plus profond silence avec elle sur ce qui s'était passé.

Charles retourna à Londres. Miss Arden demeura à
Waddesdon-Hall, où elle prit une part active aux travaux
quotidiens de la ferme.

Emma Groves, hors de danger, éprouvait une faiblesse
extrême, et le médecin redoutait encore les suites du terrible accident. On racontait à Waddesdon qu'elle était
singulièrement changée ; ses idées, devenues étranges,
annonçaient tantôt une vive gaîté, tantôt une profonde
mélancolie ; elles se modifiaient avec une extrême mobi-
lité. M. Brooks, qui l'entourait de soins incessants, ne
comprenait rien à son état.

Pendant ce temps, Janet, à Monk's Barton, gisait toujours sur son lit de douleur ; son état empirait plutôt qu'il
ne s'améliorait. Martha la soignait ; et le vieux Churcher,
maintenant parfaitement rétabli, veillait à ce qu'elle ne
manquât de rien.

L'attention publique, un instant occupée de l'empoisonnement de miss Groves, finit par se reporter sur les

faits de Monk's Barton. Les habitants de Working, sachant la triste situation de Janet résultant des coups reçus par l'infortunée, la nuit du crime, répétaient qu'il fallait à tout prix découvrir l'assassin.

Le vieux Churcher, qui ne cessait de réfléchir à ce qui lui était arrivé, alla un jour visiter la chambre de la chapelle, examina longuement le morceau de batiste arraché au mouchoir d'Avice, le remit sous clé, et n'ouvrit pas la bouche à ce sujet.

Au reste il ne se départait de ce silence avec qui que ce fût, sans en excepter même le Père Joseph, qui visitait fréquemment la vieille Janet. La police l'ayant interrogé plusieurs fois, il ne s'expliqua point avec elle des soupçons qu'il pouvait avoir. Cependant il regardait comme étant le voleur l'individu que Gérard May et lui avaient aperçu se glissant dans les ténèbres, le soir de la fête de Waddesdon-Hall.

Le médecin ayant enfin déclaré que Janet approchait de ses derniers moments, un magistrat se présenta pour recevoir la déposition de la malade, qui apprit sa fin imminente avec beaucoup de calme, car elle s'était préparée chrétiennement à mourir. Janet raconta consciencieusement ce qu'elle savait.

Quand elle eut expiré, le jury prononçant sur les élé-

ments de l'enquête, rendit un verdict de meurtre avec
préméditation.

La déclaration était juste. Elle plongea le pays dans la
consternation, car on se demandait qui serait en sûreté
chez soi après l'assassinat d'une femme bonne, honnête
et laborieuse. Gregory Churcher, bien qu'on le supposât
avare, offrit deux cent cinquante livres sterling pour la
découverte du scélérat qui avait tué Janet; le comté
promit une somme égale, et le gouvernement en fit
autant.

De plus, une souscription s'ouvrit dans la contrée
pour payer un habile agent de la police de Londres, qu'on
chargea de diriger les recherches.

Le signalement du meurtrier donné par Churcher et
la pauvre Janet correspondait à celui de l'homme que
Richard Myers avait vu à l'auberge en revenant de la
foire de Heatherfield. On en conclut que ce dernier devait être le vrai coupable, et la police s'occupa de trouver
ses traces.

A Heatherfield elle recueillit quelques indices. On lui
parla d'un individu qui s'était présenté chez un pharma-
cien, la figure ensanglantée; il avait acheté des emplâtres, une lotion pour entorse; on l'avait vu tirer de sa
poche un mouchoir de batiste déchiré; il s'était informé

à quelle heure partait le premier train pour Londres, et on le lui avait indiqué.

On prit des informations au chemin de fer ; mais on n'y avait pas remarqué le personnage désigné, de sorte que les renseignements s'arrêtèrent là forcément.

Le vieux Churcher se tenait soigneusement au courant des nouvelles de l'enquête. Quand on lui parla du mouchoir de batiste, il dit tranquillement :

— C'est bien l'homme.

La première fois qu'il vit Avice, il lui communiqua le fait, et la jeune fille lui demanda :

— Ne croyez-vous pas qu'il soit raisonnable de vous expliquer enfin sur le morceau du mouchoir renfermé dans la chambre de la chapelle ?

— Oui, enfant, répondit-il, rien de plus raisonnable. Aussi je le produirai quand il sera temps. Rapportez-vous en à moi là-dessus.

L'opinion, vivement surexcitée par les événements de la ferme de Monk's Barton, exigeait également qu'on éclaircît le mystère de l'empoisonnement de Working. Madame Bennets ne désirait aucune investigation. Monsieur et madame Brooks, bien qu'ils crussent Avice coupable, comme ils l'avouèrent plus tard, souhaitaient ardemment qu'on étouffât l'affaire. Toute la famille affir-

8

mait qu'aucun crime n'avait été commis. Emma Groves
elle-même parlait dans ce sens.

Malheureusement l'affaire était devenue publique.
M. Vernon sentit que, dans l'intérêt de tous, une enquête
devait être faite par les magistrats ; il le dit à sa femme
et à Avice.

L'épreuve était cruelle. La tante et la nièce se réfugiè-
rent dans la prière. Le Père Joseph se joignit à elles pour
implorer la miséricorde divine. Le vieux Churcher les
aborda, l'air soucieux.

— Je ne prétends pas, déclara-t-il, qu'une pareille enquête soit coupable, mais elle est outrageante.

— Les lois humaines la réclament, monsieur Churcher,
répondit madame Vernon. Elles sont établies pour nous
protéger, et notre devoir est de subir leurs prescriptions,
même quand elles nous offensent.

Dès qu'il eût été arrêté que la rigoureuse mesure était
inévitable, madame Bennets manda M. Vernon, sa femme
et Avice; elle leur adressa une lettre si pressante
et si affectueuse qu'il leur fut impossible d'y résister.

Néanmoins ils refusèrent le dîner auquel madame
Bennets les invitait, et ils n'acceptèrent qu'une courte
entrevue.

Aucun membre de la famille Vernon n'avait revu miss
Groves depuis la nuit fatale. L'aspect d'Emma les affecta

tous péniblement. La jeune fille, si pleine de santé naguère, était d'une pâleur mortelle et toute décharnée; ses yeux brillaient de fièvre, et elle semblait véritablement revenir des portes du tombeau.

Avice pleura en apercevant son ancienne compagne, qui l'embrassa tendrement.

Madame Bennets, une excellente femme remplie d'indulgence, s'expliqua avec beaucoup de tact sur la funeste affaire.

— J'aurais pu donner le vin, dit-elle; toute autre personne aurait pu le verser sans qu'il s'élevât aucun soupçon. Mais, chère Avice, vous avez laissé paraître quelque contrariété; alors on a bavardé, on a conclu que vous étiez jalouse; de là toutes ces misères.

— Cependant, il faut bien que quelqu'un ait versé le poison dans le rerre, fit observer miss Arden en regardant autour d'elle avec la candeur de l'innocence.

A ces mots, M. Brooks s'approcha vivement de la jeune fille.

— Merci pour cette parole, miss Arden, dit-il. Vous comprendrez, j'en suis assuré, combien il est utile pour la moralité publique que nous découvrions le coupable, s'il est possible.

— Oui, je le comprends, murmura Avice d'une voix sourde.

8.

En effet, que n'avait point souffert déjà l'infortunée pour le coupable? Quel profit pouvait-elle maintenant retirer de sa découverte? On se préparait à la donner en spectacle au public, comme inculpée d'assassinat. Cette pensée lui brisait le cœur.

— Avice, s'enquit Emma, étiez-vous donc sérieusement jalouse de moi?

— Je me suis sentie blessée, je crois que c'est le terme exact qu'il faut employer. J'ai craint pour la réalisation de mon alliance projetée.

— O Avice, reprit miss Groves, vous n'aviez rien à redouter; vous ne l'ignorez pas en ce moment.

— Non. Pourtant je suis résolue de ne point épouser Charles Vernon.

Emma saisit le bras de miss Arden, de sa main amaigrie.

— Vous ne l'épouserez pas, Avice? s'écria-t-elle. Ah! pourquoi me faire tant de peine? Ayez pitié de moi, je vous en conjure, et ne me laissez pas croire que je suis la cause de cette détermination.

— Non, chère Emma, je ne vous accuse pas. Charles est excellent, très-affectueux, il m'aime beaucoup; mais je le connais.

— Alors il s'est impressionné de cette terrible affaire de poison?

— Précisément, sanglota Avice.

Le dialogue avait eu lieu à voix basse ; mais les personnes présentes en devinaient la nature. Les deux jeunes filles, également désolées, enlacées dans les bras l'une de l'autre, pleuraient à chaudes larmes, et ce fut Avice qui fut obligée de consoler Emma.

Le jour redoutable ne tarda pas à luire pour miss Arden. Elle comparut devant les juges, assistée d'un homme de loi habile en ces matières, sous l'imputation d'avoir empoisonné Emma Groves. On exposa les circonstances ; on examina chaque parole et chaque action.

Il y avait deux points importants à mettre en lumière : il fallait expliquer qui avait versé la morphine dans le vin, et qui avait apporté dans la salle à manger la bouteille contenant le poison.

On ne réussit point à résoudre ces deux questions. Après un long débat, dans lequel furent prononcées des paroles cruelles pour Avice, un verdict de non culpabilité fut rendu.

L'animation était grande à Working. La foule remplissait les rues, discutant les charges, et chacun interprétant l'affaire à son point de vue. Soudain il se fit un silence, et ces mots passèrent de bouche en bouche : « L'accusation est rejetée ! »

Dans l'après-midi et la nuit suivante, les auberges et

les cabarets de la ville, regorgeant de gens de la pire espèce, retentirent d'ignobles plaisanteries et d'odieuses
imputations contre l'accusée.

Pendant ce temps, la jeune fille, prosternée dans la
chapelle de Waddesdon-Hall, implorait de Dieu avec
larmes la grâce d'être toujours droite et miséricordieuse,
et de ne jamais manquer de cette patience chétienne
dont elle faisait de si bonne heure le douloureux appren-
tissage.

XIII

LA COLOMBE BLESSÉE.

Le lendemain du jugement, Avice Arden, en évoquant les souvenirs poignants des heures écoulées, se sentit comme sous l'empire d'un rêve affreux. Ses parents l'aimaient plus que jamais, elle le savait; mais il lui était dur de se sentir pour eux un sujet d'affliction, et cela sans avoir commis aucune faute. Il ne fallait rien moins que la voix puissante de la religion pour lui inspirer la résignation aux volontés divines.

Cependant le monde lui parut comme transformé; toute la journée il sembla lui manquer quelque chose, sans quelle pût dire au juste quoi. Le soir venu, elle se jeta dans les bras de sa tante en pleurant amèrement. Madame Vernon l'embrassa tendrement, l'installa dans un fauteuil, près du feu de la cuisine, et lui dit :

— Maintenant que tout le monde est au lit, causons quelques instants. Chère Avice, pourquoi versez-vous des larmes?

— Parce que mon honneur est flétri : me voilà couverte de honte; le public s'entretient de moi, m'insulte de sa pitié, s'étonne ou doute de mon innocence. Hélas! que ma situation est changée! Mes espérances se sont évanouies. Je souffre, sans être coupable; je n'invoque que la justice, et je ne puis l'obtenir.

— Pauvre colombe blessée! fit madame Vernon, vous payez pour le coupable. O mon enfant, songez qu'un plus puissant que nous, le Christ lui-même, a passé par cette voie de douleur.

— Chère tante, je suis trop jeune pour marcher dans le chemin du Golgotha. D'ailleurs je suis seule à porter ma croix.

— Non, vous n'êtes pas seule, Avice.

Et l'excellente femme, en prononçant ces mots, sanglotait aussi fort que sa nièce.

Elle ajouta :

— Est-ce donc que nous vous avons jamais délaissée?

Croyez-vous que je n'aie rien souffert, et qu'Austin lui-même n'ait pas été cruellement humilié de cette affaire? Tous tant que nous sommes ici, n'en subissons-nous point les déplorables conséquences? Comprenez-le bien : il fallait pousser les choses jusqu'au bout et provoquer une décision juridique : nous nous devions cela à nous-mêmes. Avice, vous nous êtes de plus en plus chère, et nous nous réjouissons de vous posséder à notre foyer. Ah! ne brisez pas nos cœurs en vous laissant accabler par le désespoir; prenez courage, et cherchons le bonheur dans nos mutuels rapports.

Les bonnes paroles de sa tante calmèrent miss Arden, et elle était beaucoup moins affligée quand elle alla se coucher.

Mais les jours suivants la tristesse la visita de nouveau. D'autres chagrins s'ajoutèrent à ceux qu'elle éprouvait.

La lecture des journaux lui apprit qu'on la croyait coupable. Alors voyant sa réputation, son avenir ruinés par la persistance de ces odieuses imputations, et se sentant déshéritée de toute confiance, désormais, dans le monde, elle se demanda où pouvait s'être réfugié le misérable qui avait versé le poison à Emma Groves. Mais comment le découvrir?

Madame Vernon avait appelé la jeune fille une co-

4..

lombe blessée, et l'expression était parfaitement juste.
Avice se débattait en gémissant sous le coup qui la frappait. Enfin elle alla trouver le Père Joseph, pour lui dire
qu'une pareille existence lui était insupportable.

Le prêtre était absent quand miss Arden entra dans sa
chambre. Ayant jeté un coup d'œil sur la table, elle aperçut une affiche portant en tête ces mots en grosses lettres :

TENTATIVE D'EMPOISONNEMENT ET ASSASSINAT.

Le placard racontait la jalousie d'une jeune fille qui
avait empoisonné sa rivale, et établissait un curieux rapprochement entre cet attentat et les événements de Monk's
Barton. Il donnait ensuite le signalement du meurtrier
de Janet et indiquait la récompense promise pour son
arrestation. Enfin il terminait par des vers affreux, dans
lesquels figurait le nom d'Avice.

Miss Arden, qui avait saisi le papier pour le mieux
lire, le laissa tomber avec horreur ; et elle demeura là,
immobile, le visage livide, et implorant la mort comme
un bienfait.

Le Père Joseph étant rentré, elle lui montra du geste
l'affiche et s'écria :

— Qui vous l'a envoyée ? Comment possédez-vous ce infâme écrit ?

S'apercevant que le prêtre hésitait à répondre, elle reprit :

— Pour l'amour de Dieu ! ne me cachez rien.

L'ecclésiastique ramassa le papier, l'enferma dans un grand pupitre placé à l'autre bout de la pièce, et revenant vers la jeune fille, il répliqua :

— Je l'ai reçu de Charles de Vernon, qui est arrivé de Londres.

— Et il croit cela ?

— Il m'a mandé seulement, en me l'envoyant, qu'il était bien malheureux. Mais j'espère qu'il reprendra bientôt courage.

— Quelle raison a-t-il d'être malheureux ? fit Avice avec amertume. Je ne suis plus rien pour lui et je suis innocente.

— Vous n'êtes pas venue me trouver pour me dire cela, dit le Père Joseph d'un ton affectueux. Parlez-moi, chère enfant, de ce qui vous amène.

— Mon cœur est en défaillance, sanglota l'infortunée, qui s'affaissa sur ses genoux.

Puis elle ajouta après une pause :

— Apprenez-moi, à endurer ces cruelles injustices.

— Levez-vous et répondez à mes questions, invita le prêtre d'une voix calme.

Miss Arden obéit.

— Dites-moi, Avice, quel est le but de notre existence ici-bas ? Y sommes-nous pour réussir dans le monde ou bien seulement pour sauver nos âmes ?

La jeune fille regarda fixement la douce figure du vieillard. Quelles perspectives il lui dévoilait ! Renoncer à l'estime du siècle et à obtenir justice des hommes ; subir en silence d'odieux soupçons, quel sombre avenir ! l'idée que tel devait être son partage pénétra lentement dans son esprit. Plus d'une fois elle avait entendu prêcher ces doctrines élevées, mais elle n'avait jamais pensé qu'elle serait appelée à les mettre en pratique.

Le Père Joseph poursuivit après un silence.

— L'unique succès digne de nous, c'est la rédemption de nos âmes.

— Que devient alors la justice ? murmura Avice.

— Dieu saura nous la rendre au ciel.

— O Père ! pourquoi suis-je soumise à une semblable épreuve ?

— Elle sera moins pénible que vous ne l'imaginez, pourvu que vous ne laissiez pas votre esprit faiblir. Livrez-vous aux travaux de votre état et remerciez le Seigneur de vous avoir conservé l'innocence. Si l'opinion vous condamne, appelez-en de sa décision au Juge incorruptible qui connaît le secret des cœurs. Agissez ainsi, suivez exactement mes conseils, Avice, et dans un mois vous penserez moins à toutes ces peines, si poignantes qu'elles soient aujourd'hui. Faites donc généreusement le sacrifice que le Tout-Puissant exige de votre part.

— Quoi ! le sacrifice de l'honneur de mon nom et celui de ma réputation ?

— Oui, s'il le faut.

Un sourire céleste erra sur les lèvres de la jeune fille, sourire d'héroïque résignation, exprimant toute la vaillance de ce pauvre cœur brisé. Le prêtre l'avait persuadée, et le lendemain, en s'approchant de la sainte communion, elle accomplit l'acte qu'on réclamait d'elle. Avice se soumit sans réserve aux volontés divines.

Le vieux Churcher arriva à Waddesdon-Hall vers le milieu de ce même jour, pour voir miss Arden. S'étant assis près du feu, dans la cuisine, il l'observa un instant, muet et recueilli.

Madame Vernon, inspirée par un sentiment de profonde sagesse, occupait sa nièce à des travaux assidus qui tenaient en haleine l'esprit d'Avice. Celle-ci était chargée de classer le linge que miss Waddesdon avait confié aux soins de la fermière, et elle le vérifiait, article par article, sur un grand livre ouvert devant elle et relié en parchemin; ensuite elle inscrivait sur une ardoise les pièces à réformer ou à blanchir.

— Mettez de côté, Avice, tout ce qui est usé ou passé, recommanda madame Vernon. Nous sommes en janvier, et lady Constance annonce qu'elle sera ici en août; sa fille se mariera le mois prochain.

Madame Vernon s'interrompit brusquement, car miss Arden, au lieu de continuer, s'était levée et sortait de la pièce.

— Comment ai-je eu la maladresse de parler mariage en sa présence? fit-elle avec chagrin. Il en est toujours ainsi : quand un homme a une jambe de bois, la conversation, devant lui, tombe inévitablement sur les opérations chirurgicales.

— C'est vrai, grommela Gregory dont le son de voix indiquait la mauvaise humeur. Madame Vernon, laisserez-vous donc les choses dans l'état actuel?

— Que faire?

— Je l'ignore, puisque je vous interroge.

— Je ne vois d'autre parti à prendre que de procurer à la jeune fille tout le bonheur que nous pourrons. Elle a renoncé, vous le savez, à ses espérances. Il nous est arrivé une lettre désolée de Charles. Je ne pense pas qu'il eût renoncé du premier abord à épouser Avice, comme nous le lui avions conseillé; il s'imaginait que les choses rentreraient dans leurs conditions normales. Mais à présent, l'histoire du meurtre et de l'empoisonnement circule partout et se répand, m'a-t-on dit, jusque dans les grandes villes.

Alors Madame Vernon communiqua au vieillard la lettre dont elle parlait, et dans laquelle Charles, laissant déborder sa douleur, déclarait qu'il ne lui resterait rien autre chose à faire que *d'oublier*.

Le vieux Churcher partit d'un éclat de rire en achevant cette lecture. Madame Vernon le regarda tout étonnée.

— Bien, bien, dit le vieillard, de tels procédés appartiennent à l'époque nouvelle, paraît-il. Avec des hommes de ce caractère, la société devient puissante et énergique. Ah! j'ai aimé plus profondément que cela l'aïeule de Charles. Eût-elle été coupable que je l'eusse aimée encore. Toutefois vous avez raison : vous connaissez le jeune homme; il est bon, sans doute, mais excessivement impressionnable, en un mot ce que le monde appelle un cœur sensible. Quant à moi, madame Vernon, j'ai toujours mis au-dessus de cette qualité la fidélité, qui dure plus longtemps et ne laisse jamais de regrets. Je préfèrerais me confier à un ennemi que de me laisser dominer par mes impressions et m'exposer par là à perdre un ami.

En même temps Gregory, se levant brusquement, se dirigea vers la porte, en frappant bruyamment de sa canne le carrelage.

— Un instant, monsieur, je vous prie ! s'écria madame Vernon.

Le vieillard s'arrêta, et se retournant vers la fermière, il l'interrogea du regard.

— Vous ne nous quitterez pas de la sorte, reprit madame Vernon, autrement nous vous regarderions comme un homme dur et désobligeant. Je ne veux pas que vous conserviez ces pensées défavorables à Charles. Le jeune homme a raison. Ne doit-il pas vivre au milieu du monde, qui est soupçonneux, cruel et vindicatif? Si ma nièce et lui s'épousaient, leur existence serait un long martyre; en se séparant aujourd'hui, ils n'auront pas le chagrin d'être l'un pour l'autre un sujet de tribulation. Quand ils auront surmonté leur douleur actuelle tout ira bien. Vous êtes homme à comprendre cela, monsieur Churcher.

— Oui, sans doute. Je n'accuse pas Charles. Mais j'ignore les habitudes du monde que j'ai toujours évité d'introduire à Monk's Barton. Le ciel et la terre m'ont suffi jusqu'à présent.

— Pourtant vous admettiez qu'il fallait faire la part du monde, quand vous nous conseillâtes de placer Avice chez madame Bennets.

— J'agissais en vue du mariage projeté. Vous aviez décidé que Charles entrerait dans le monde, et ce fut seulement alors que je vous engageai à initier la jeune fille à ses usages.

— C'est bien cela, soupira madame Vernon, qui se rappelait en ce moment la petite Nelly et la douloureuse circonstance qui avait éloigné Charles du toit paternel. Peut-être avez-vous raison. Quoi qu'il en soit, cessons toute discussion là-dessus.

— J'y consens. Néanmoins, sachez le, je ne renonce point tout à fait à mon roman, bien que l'union désirée ne doive point s'accomplir. Il n'est pas nécessaire de fermer votre maison au jeune homme. Laissez Avice vivre avec moi...

Le vieillard avait à peine prononcé ces mots qu'il se troubla et la voix faillit lui manquer. Il observait madame Vernon, et il s'aperçut que cette proposition inattendue la surprenait. Aussi, craignant un refus, il se hâta d'ajouter :

— Du moins permettez qu'elle me rende de fréquentes visites, qu'elle embellisse ma demeure de son pur et suave sourire, et qu'elle soit la fille de ma vieillesse solitaire. J'ai fait mon testament, et je vais de ce pas à Working pour le signer. J'ai partagé mes biens entre elle et Charles.

— Ce n'est pas juste, répondit la fermière : ma nièce ne doit point causer de préjudice à Charles, votre unique héritier.

— J'aime le jeune homme, reprit le vieillard d'une voix austère, je chéris en lui le fils de ma fille; mais est-ce la faute d'Avice si le mariage projeté se trouve rompu? Je n'ai point cessé d'avoir confiance en elle. Unie à Charles, elle aurait eu sa part de mon héritage; elle l'aura encore, bien qu'elle ne doive point l'épouser. Elle a gardé la place qu'elle s'était faite dans mon cœur. Je suis, vous l'avez dit, la cause de l'épreuve qu'elle subit, puisque j'ai contribué à l'envoyer chez madame Bennets; il est donc équitable que je démente par mes paroles et par mes actes les soupçons dont elle est la victime. Non, personne ne lui ravira l'amour de mon vieux cœur, et j'espère qu'elle viendra au plutôt à Monk's Barton.

Ce noble et généreux langage plongea madame Vernon dans un muet étonnement. Gregory sortit de la maison, se rendit à l'écurie où l'attendaient son cheval et sa voiture, et partit immédiatement pour Working.

Il alla chez son notaire, où il signa son testament, puis à la banque, d'où il retira de l'argent, visita le couvent, vit Kate Cary à l'orphelinat, paya le trimestre de l'enfant, et se promena ensuite par les rues sans but arrêté. Il arriva ensuite près d'un pont, hors de la ville.

Au bout de quelques minutes de profondes réflexions, il se retourna et se dirigea rapidement vers la maison de monsieur Brooks, dans Queen-square.

· M. Brooks était chez lui et reçut amicalement le vieux Churcher ; il se montra heureux de l'occasion qui lui était offerte d'entretenir un homme en rapports avec Waddesdon-Hall.

— Généralement, dit Gregory, je ne fais guère de visites que pour affaires, et ce n'est point un autre motif qui m'amène, quoique je sois charmé de vous déclarer, dans votre propre maison, que je ne vous garde pas rancune.

— Je crois que nous avons fait notre devoir. Il s'est passé des choses regrettables ; mais nous ne pouvions les empêcher.

— Qui a commis le crime, monsieur Brooks ?

— Si je le savais, je vous l'apprendrais, monsieur Churcher ; mais je l'ignore.

— Vous ne soupçonnez plus Avice ?

— On s'est constamment demandé quel autre avait pu faire le coup, prendre la bouteille et en verser le contenu dans le verre d'Emma. On s'est justement étonné de ce que miss Arden n'a témoigné aucune surprise en voyant la bouteille sur le plateau,

— Alors vous la jugez coupable?

— Non. L'observation attentive de son caractère me persuade chaque jour davantage qu'elle était incapable d'une telle action.

— En ce cas il faudrait l'attribuer à un accident; à un concours étrange de circonstances?

— Précisément. Quelqu'un a pu descendre la bouteille et mêler la morphine au vin.

— Pourquoi ce quelqu'un ne parle-t-il pas? Il y a quelqu'un, évidemment, qui connaît tout, et qui devrait éclaircir cette ténébreuse affaire. Maintenant, monsieur, écoutez-moi. L'homme qui a assassiné Janet était à Waddesdon-Hall, le soir de la fête offerte par miss Marie, et je suis en état de le prouver; il préméditait de me voler cette nuit-là, car il rôdait autour de ma maison ; mais je ne me couchai pas, et il ajourna son projet, qu'il exécuta la nuit de la réunion chez Madame Bennets. Je puis établir que ce rôdeur, quel qu'il soit, est le véritable coupable.

— Vous en saviez plus long que l'enquête n'en a découvert.

— Assurément.

—.Vous n'ignorez pas ce qu'il y a à faire pour aider à la recherche du meurtrier?

— Non. Mais avant tout je désire vous parler. Dans la lutte acharnée que j'avais engagée avec le voleur, j'ai distingué nettement ses traits, et je l'ai rendu furieux en lui disant que je le reconnaîtrais n'importe où je le retrouverais. Ses yeux brillaient d'un éclat que je n'oublierai jamais; il est grand, beau, d'un air presque distingué, et étranger à ce pays..... Je m'arrête afin de vous demander pourquoi miss Groves était si agitée la nuit de la réunion chez Madame Bennets, quand on vint chercher Charles?

— Emma avait entendu répéter que vous étiez mort. Il n'en fallait pas davantage pour l'impressioner.

— Elle avait appris qu'un meurtre avait été commis à à Monk's Barton, ajouta le vieux Churcher avec une intonation étrange.

— Oui; et comme vous aviez été bon pour elle, son cœur fut pénétré de douleur à la funeste nouvelle.

— Elle avait appris, répéta Gregory, qu'un meurtre avait été commis à Monk's Barton, que l'assassin pouvait être reconnu, que c'était un bel homme ne paraissant point appartenir à une classe vulgaire, qu'on était sur ses traces et qu'on réussirait probablement à l'arrêter.

Voilà ce qui impressionnait miss Groves, car le seul étranger qu'on eût remarqué précédemment dans le voisinage était un homme à qui Emma avait accordé plus d'une entrevue, le soir assez tard, dans le jardin de madame Bennets, et à qui elle ouvrait elle-même la porte donnant sur Mint-Lane.

— Monsieur Churcher! fit le médecin.

— Monsieur Brooks?

Et les deux interlocuteurs se regardèrent fixement. La figure du médecin exprimait la surprise et une douleur extrême. L'œil du vieillard était triste mais sévère, et une dureté inflexible se peignait sur son austère physionomie.

M. Brooks se tut.

Gregory continua :

— J'ai entendu parler de cet homme et d'Emma Groves par Martha, qui me fut envoyée de Waddesdon-Hall pour remplacer Janet mourante. La domestique de madame Bennets avait raconté tous ces détails à l'honnête femme qui ne soupçonne personne. Quant à moi, pour rendre hommage à la vérité, j'affirme que je suis dans le doute. Mais ces pensées me traversent parfois l'esprit, j'ai cru devoir vous les communiquer loyalement. Je ne voudrais pas pour tout au monde nourrir des défiances envers les amis d'un homme estimable et lui en faire mystère. Vous ne m'en voulez pas, monsieur Brooks?

— Non, monsieur, aucunement, répondit le médecin en tendant la main au vieillard ; je suis convaincu de la droiture de vos intentions, et je sais que vous n'accuserez jamais personne à la légère.

— Je me garderai de le faire, certainement, ce n'est pas moi qui serais capable d'agir de la sorte.

Il y eut une pause ; puis Grégory ajouta :

— Cependant, pour ne vous rien taire, je vous le déclare, tant que je vivrai, je ne cesserai de faire rechercher le voleur et le meurtrier.

Et il prit congé de M. Brooks sans un mot de plus.

XIV

L'ETRANGER DU JARDIN.

Troublé des paroles du vieux Churcher, M. Brooks y réfléchit longuement, se demandant si la démarche du vieillard avait été réellement inspirée par un sentiment de bienveillance, et s'il avait eu pour but, dans sa visite, de prévenir les amis d'Emma Groves afin qu'ils atténuassent le coup qui pouvait être porté à la jeune fille par une redoutable découverte.

Enfin, après diverses considérations, le médecin prit son chapeau et se rendit chez sa belle-mère. Ayant vu madame Bennets, il demanda après Emma.

9

— Elle écrit à madame Temple, dans la salle à manger, fut-il répondu. Elle invite en mon nom la maîtresse de pension à venir me voir, afin que celle-ci constate par elle-même si miss Groves est assez forte pour reprendre ses occupations accoutumées. Les classes recommencent la semaine prochaine; la jeune fille est encore très-faible et a les nerfs malades; mais elle est très-attachée à madame Temple, et regretterait extrêmement de ne point rentrer dans sa maison.

— Ce serait fâcheux, en effet. Je vais descendre, car j'ai besoin de lui parler. Je vous souhaite le bonjour.

A son entrée dans la salle à manger, M. Brooks trouva Emma écrivant sur une petite table, près du feu, et tout absorbée dans ce qu'elle faisait.

— Avez-vous donc froid, miss Groves? demanda le médecin. Il fait si beau dehors! Voulez-vous vous promener?

— Je vous remercie, monsieur je suis très-occupée en ce moment. Je termine une lettre à madame Temple, que j'invite, comme madame Bennets me l'a conseillé, à nous visiter. Mais en y réfléchissant, je crois que je ferais mieux d'aller moi-même à la pension. Qu'en pensez-vous?

Tout en s'exprimant ainsi, Emma attisait le feu, car elle frissonnait de la tête aux pieds.

— Vous n'êtes pas encore en état de travailler, déclara le médecin.

— Je le sais. Mais madame Temple est ma meilleure amie ; si peu que je fasse, cela suffira pour payer mon logement et ma nourriture. Dans trois mois, je l'espère, je serai guérie, et je pourrai remplir mes fonctions habituelles. En attendant, il me semble qu'il vaudrait mieux que je me rendisse moi-même à Londres.

— Soyez franche avec moi, Emma, recommanda M. Brooks. Votre état maladif n'est pas ordinaire, et vous êtes êtes sous l'influence d'une terreur nerveuse. Soyez convaincue, chère enfant, que je vous porte un vif intérêt. J'ai appris une chose très-pénible pour vous ; mais j'hésite à vous la rapporter, de peur de vous impressionner trop fortement.

— Parlez, monsieur Brooks. Si mes nerfs sont ébranlés, ne l'imputez à aucune terreur ; je n'ai rien éprouvé qui y ressemble. De quoi s'agit-il ?

— M. Churcher est venu tout-à-l'heure m'entretenir du meurtre de Janet. Il prétend avoir parfaitement distingué l'assassin et qu'il le reconnaîtrait ; il est résolu de le faire arrêter, s'il le peut. Cet homme n'est point de cette ville, toujours selon le vieillard, qui ajoute que le seul étranger qu'on ait remarqué à l'époque du crime est le personnage introduit par vous dans le jardin de

9.

madame Bennets, et avec qui vous avez causé. Quel était-il ?

Les yeux d'Emma Groves n'avaient pas quitté ceux de M. Brooks pendant cette communication. Aucun nuage, nulle marque d'émotion n'obscurcit le visage de la jeune fille. Le médecin s'en félicita. Quand il eut achevé, Emma sourit et répliqua doucement :

— Rien de plus facile que d'expliquer la présence de mon pauvre étranger : c'était mon frère, mon cher James. Il a quitté sa maison de commerce de Bordeaux, et et il s'est placé à Paris, chez un marchand de vin. Mais la pensée de James contriste mon cœur : il déteste le travail que j'aime ; il a dissipé ses fonds, et je n'en ai plus à dépenser pour lui.

— Avait-il besoin d'argent ?

— Comme d'habitude. Il s'est laissé escroquer ses trois mille livres en de mauvaises compagnies, il y a cinq ans. Maintenant il gagne cent livres par an, somme trop faible pour lui permettre de mener une vie régulière, ce qui lui donne la tentation d'aller au jeu. Pourtant j'ai lieu de croire qu'il sera plus raisonnable à l'avenir.

— Pourquoi est-il venu à Working d'une façon si mystérieuse ?

— Banks et Brewer, deux marchands de cette ville, ont spéculé sur les vins français et engagé des affaires considérables avec la maison de Paris à laquelle mon frère est attaché. Comme il est Anglais, celle-ci l'a pris en vue principalement de cette entreprise, et l'a chargé de venir, sans se faire connaître, prendre des informations sur Banks et Brewer, qui savent que James est mon frère, mais qui ne l'ont jamais vu. Voilà pourquoi, sa mission remplie, il m'a visitée en secret. Il importait qu'on ignorât qu'un agent de la maison de Paris fût ici.

— James vous a raconté cela?

— Exactement. Les soupçons de la maison de France avaient été éveillés par une lettre anonyme écrite de Working, et elle tenait à être renseignée sur la solvabilité de Banks et Brewer avant d'expédier une importante commande que ces derniers ont faite récemment.

— Combien de fois James est-il venu ici?

— Deux fois seulement au jardin. James savait que je prenais la clé et que je la replaçais ensuite à l'endroit accoutumé.

— Il est venu deux fois avant votre visite à Waddesdon?

— Oui, seulement deux fois, et jamais depuis.

— Où est-il maintenant?

— A Paris, je le suppose, et je me prépare à lui écrire.

— Avez-vous entendu parler de Banks et Brewer?

— Je ne sais sur eux que ce que je vous ait dit.

— Eh bien, tout s'est découvert ce matin : ils sont ruinés. M. Banks est arrêté, je crois. On dit que la faillite de la maison Crépin de Paris a déterminé leur catastrophe.

— C'est la maison où mon frère était employé. Pauvre James ! Malgré son intelligence et ses bonnes qualités, le voilà encore sur le pavé. M. Brooks, je voudrais que vous le connussiez. Hélas! il lui manque l'énergie nécessaire pour se lancer dans le monde.

En achevant ces mots, Emma se rejeta en arrière et se mit à sangloter.

M. Brooks aimait la jeune fille et respectait les tendres sentiments qu'elle témoignait pour son frère. Cependant il ignorait encore toute l'étendue de l'affection qu'elle portait à James, et que son plus grand besoin était de se dévouer pour quelqu'un. Si elle avait eu encore un père, une mère, elle les eût adorés ; mais elle était seule avec son cœur ardent. Maîtresse affable et bonne à l'excès à la pension, elle prodiguait à madame Temple les attentions de la meilleure des filles. Toutefois elle réservait pour James les trésors les plus délicats de son amour; elle était la confidente de toutes ses joies comme de toutes ses peines.

C'était un beau jeune homme, sensible assurément,

mais aigri par le malheur. Dans le cours de son orageuse existence, il avait lutté contre une situation déplorable, sous le poids de laquelle d'autres hommes plus forts que lui auraient succombé. Il ne croyait plus à la sincérité, et riait de l'amitié. Volé et trompé par des misérables, il était devenu dur et méfiant. Il n'avait que de la colère contre le monde qui le faisait souffrir.

Mais lorsqu'il était avec Emma, James semblait retrouver son cœur. Il écoutait paisiblement sa sœur qui, pour le distraire, lui chantait ses plus jolies romances. Il s'entretenait avec elle comme aux jours de son enfance, et elle était la seule créature humaine en qui il eut confiance.

Au moment où M. Brooks se présenta devant Emma, la jeune fille pensait à James et s'inquiétait de son sort.

M. Brooks, comprenant parfaitement la situation d'esprit de miss Groves, fut content de la manière calme et franche dont elle répondit à ses questions. Pas de colère, pas même un instant de trouble.

Alors il reprit :

— Ma chère Emma, je vous engage à expédier votre lettre à madame Temple; l'idée de madame Bennets est excellente. Laissez venir la maîtresse de votre pension, et dans une huitaine de jours vous pourrez retourner chez elle.   —

Miss Groves suivit cet avis. Madame Temple accepta l'invitation qu'on lui adressait et arriva le surlendemain.

Femme distinguée, d'un certain âge et mise avec goût, elle aimait beaucoup Emma et s'intéressait vivement à son bonheur. On lui raconta naturellement toutes les circonstances de l'empoisonnement, et, pendant les cinq jours qu'elle passa chez madame Bennets, il ne fut guère question d'autre chose.

Aux yeux de madame Temple, qui avait une haute idée d'Emma Groves, Avice Arden était coupable. Elle savait, par une expérience de plusieurs années, combien les talents de sa protégée étaient variés et quelle influence elle exerçait sur les esprits. Aussi, bien qu'elle fût trop persuadée de la bonté d'Emma pour croire que celle-ci eût essayé de supplanter son amie, elle jugea que la nièce de madame Vernon avait des raisons d'être jalouse.

L'excellente dame s'informa de toutes les circonstances, si petites fussent-elles, qui avaient précédé l'évènement. Elle interrogea miss Groves, monsieur et madame Brooks, madame Bennets et sa servante Jane, une fille au cœur d'or mais extrêmement bavarde. De cette sorte d'enquête il résulta pour madame Temple qu'Emma, par la supériolé de son caractère et ses brillantes qualités, avait captivé Charles Vernon. De là la jalousie d'Avice. Les

paroles surprises par miss Arden , à la porte de l'antichambre, y avaient mis le comble, pensait-elle, et avaient
déterminé la jeune fille à la vengeance.

Madame Temple exposa nettement ses idées à ce sujet
en présence de madame Bennets, et elle ajouta :

— Emma, certainement, n'a pas voulu nuire à son
amie. Cependant, par le fait, les appréhensions d'Avice
sont fondées. Sous le coup des événements qui se sont
passés ici et à Monk's Barton, le jeune homme ne s'est
pas encore rendu compte de ses sentiments pour miss
Groves, mais cela viendra. Rappelez-vous mes paroles,
madame Bennets; ils se marieront ensemble.

Madame Temple exposait son opinion avec tant de
clarté et la motivait si bien qu'il eût été difficile de ne
point être de son avis. Madame Bennets finit par adopter
la même manière de voir.

Avant le départ de madame Temple, M. et madame
Brooks vinrent passer une soirée chez madame Bennets.
Après le thé, les dames prirent leurs ouvrages, et
M. Brooks dit tout à coup à Emma.

— J'ai reçu une lettre de James Groves

— De mon frère ! fit la jeune fille.

Le médecin la regarda; elle était très-pâle

— Oui, répondit-il. C'est la première fois qu'il m'écrit.
Il me demande des détails sur le meurtre et l'empoison-

nement, au sujet desquels il a lu quelques lignes dans un journal français. Il ne s'est point adressé à vous, Emma, explique-t-il, parce que vous êtes malade, comme vous le lui avez marqué dans votre dernière lettre. Il sait que vous avez été mêlée en quelque manière à ces faits déplorables, et c'est là ce qu'il désire connaître d'une façon plus précise.

— Je comptais d'abord le renseigner là-dessus ; mais je sens maintenant qu'il me serait impossible de lui communiquer les bavardages mis en circulation sur les circonstances qui m'ont conduite aux portes de la tombe.

En s'exprimant ainsi, Emma avait la voix altérée, et les larmes coulaient le long de ses joues.

— Je comprends très-bien, reprit M. Brooks, pour quel motif votre frère m'a écrit. Mais il s'agit d'autre chose.

— Et de quoi encore ? demanda la jeune fille avec tristesse.

— Il faut dégager complètement le nom de James de cette affaire. Je vous rappellerai donc, Emma, les insinuations du vieux Churcher, et je vous prierai de me dire de nouveau si vous êtes sûre d'avoir vu pour la dernière fois votre frère avant la fête de Waddesdon-Hall.

— J'en suis parfaitement sûre. Je lui ai fait mes adieux dans le jardin plusieurs nuits auparavant. Je pense qu'en me quittant il est parti immédiatement pour Londres, d'où il devait écrire à Banks et Brewer.

— Vous a-t-il appris s'il avait découvert l'auteur de la lettre anonyme écrite à ses patrons de Paris

— Non. Il m'a communiqué de ces choses juste ce qui était nécessaire pour me prouver qu'il ne pouvait me voir que secrètement.

— Que vous a-t-il raconté au sujet de la maison Crépin.

— Qu'il y avait banqueroute ou suspension d'affaires, je ne connais pas bien le terme légal. Il a ajouté qu'il allait être encore sur le pavé; je cite ses propres expressions.

— Il me paraît bien étrange que James se soit attaché à une maison dont les affaires étaient en si fâcheux état.

— Je lui ai fait la même observation. Il m'a répondu qu'il s'était chargé de recouvrer le montant des créances de ses patrons en Angleterre, et que s'il réussissait, ces derniers le recommanderaient à une autre maison dirigée par un de leurs parents.

M. Brooks écoutait attentivement ces explications.

— Vous a-t-il fait savoir s'il avait réussi? s'enquit-il.

— Non; il n'a point répondu à la lettre que je lui ai envoyée.

— Mais vous m'avez dit qu'il était sur le pavé, par suite de la faillite.

— Sans doute. Il m'a fait passer un journal français que j'ai conservé. J'y ai lu la fermeture de la maison Crépin, et j'en ai conclu que James n'avait plus de place. Alors je lui écrivis pour lui demander s'il avait été récompensé comme il l'espérait, et j'allais commencer cette lettre quand vous vîntes me parler des soupçons de M. Churcher.

— Madame Temple, interrogea M. Brooks, à quelle époque James est-il passé chez vous pour voir sa sœur?

— Il me serait difficile de préciser le jour. Tout ce que je me rappelle c'est que c'était avant Noël. Il collationna avec moi, et il me dit qu'ayant affaire à Working, il serait heureux d'y rencontrer Emma.

— Très-bien. Tout me semble fort clair. James, je le répète, désire des détails sur les événements qui se sont accomplis ici et à Monk' Barton. De plus, il m'annonce qu'il a écrit à Banks comme agent de Crépin, pour obtenir le règlement de compte de ses patrons, et qu'il a réussi. Il a remporté lui-même l'argent à Paris. Ses mandants, satisfaits, lui ont procuré un emploi dans la maison de Crépin et Brooks. Brooks est un de mes cousins éloignés, qui a quitté ce pays depuis longtemps. Je l'ai vu à Londres il y a trois ans. Ainsi les explications de James sont de la plus rigoureuse exactitude. Une autre preuve de sa véracité, c'est que Banks et Brewer attribuent leur faillite à l'insistance qu'a mise le jeune homme à faire payer ses patrons. Ils l'ont réellement rencontré à Londres, et une transaction est intervenue entre eux avant la fête de Waddesdon-Hall.

— Pourquoi parlez-vous sans cesse de cette fête ? s'enquit miss Groves.

— Parce que le vieux Churcher prétend avoir été suivi cette nuit-là par un inconnu qui éveilla ses défiances et celles de Gérard May.

A ces mots, madame Temple, interrompant vivement le médecin, s'écria :

— Avez-vous donc perdu la tête, monsieur Brooks, au point de croire James Groves capable de voler et d'assassiner ?

— Loin de moi une pareille pensée ! répondit gravement le médecin ; mais il est bon de recueillir les preuves nécessaires pour démontrer que le jeune homme n'était pas même sur les lieux.

La conversation se termina là.

Mais avant de retourner à Londres avec Emma, madame Temble résolut d'entretenir Avice, et elle pria madame Bennets de lui ménager une entrevue avec la jeune fille.

XV.

LA LUMIÈRE SE FAIT.

Miss Groves n'avait par revu la niéce de M. Vernon depuis le procès. Madame Bennets lui ayant parlé d'inviter miss Arden à venir lui faire ses adieux, elle répondit aussitôt :

— Oui, oui qu'elle vienne. Hélas! je le sens, jamais je ne serai heureuse tant que je n'aurai point obtenu son pardon.

En conséquence, madame Bennets écrivit à madame Vernon pour lui exprimer combien elle désirait ainsi que tous ses amis recevoir la visite d'Avice, et elle la priait

d'amener la jeune fille à Working l'après-midi du surlendemain.

La fermière était à la grille du château avec son mari
quand le facteur apporta la lettre. En ce moment, le vieux
Churcher traversait la prairie de son pas vif et résolu,
se dirigeant vers Waddesdon-Hall. Madame Vernon attendit que Gregory fut arrivé, et lut la lettre en sa présence.

— Elle n'ira pas, déclara Austin Vernon, car je ne pourrais l'y conduire.

— Si elle s'abstient d'y aller, fit observer le vieillard,
ils diront que c'est parce qu'elle n'ose point affronter leur
présence. Lequel des deux a raison? demanda la tante
d'Avice en les regardant l'un et l'autre.

— Suivez, si vous le préférez, le conseil des cheveux
blancs, reprit le fermier; il est rare qu'on ait à s'en repentir.

— Si vous le permettez, ajouta Churcher, je la condui-
rai moi-même à Working.

La proposition fut acceptée au cas où Avice consenti-
rait à se rendre à l'invitation de madame Bennets.

La jeune fille devint pâle comme un linceul lorsqu'on
lui communiqua ces arrangements. Elle savait trop ce

qu'on pensait d'elle dans le monde, et son premier mouvement fut de refuser. Mais, fixant son doux regard sur le vieillard qu'elle nommait son père, elle soupira :

— Qu'il soit fait comme vous le désirez.

Elle partit donc avec le vieux Churcher, qui la déposa chez madame Bennets et l'y laissa en disant :

— Je serai de retour dans une heure.

Ayant conduit sa voiture et son cheval à l'auberge de *la Licorne*, il se rendit au couvent des sœurs de la Miséricorde pour voir la petite Kate Cary.

Madame Bennets reçut Avice très-affectueusement. Quand à madame Temple, elle l'accueillit d'abord avec une certaine froideur; mais ayant examiné miss Arden, et voyant son calme, son assurance, sa douce figure, sa pâleur, sa profonde tristesse, elle se relâcha de sa réserve.

Bien que la nièce de madame Vernon s'efforçât de paraître comme d'habitude, elle ne pouvait dissimuler combien elle souffrait de se retrouver face à face avec des personnes qui la soupçonnaient d'avoir commis un crime atroce. Tous les assistants tâchaient de se contenir; néanmoins des paroles pénibles furent échangées.

— Je désirais vous dire, ma chère Avice, fit madame Bennets, que s'il vous était agréable de passer chez moi quelque temps, vous seriez la bien venue.

— Je vous remercie, madame, répondit lentement la jeune fille.

— Cela pourrait vous être utile.

— Si quelqu'un me croit coupable d'avoir attenté à la vie d'une de mes semblables, suis-je obligée à l'exonérer de la responsabilité d'un jugement téméraire?

— Il est bon de tenir compte de l'opinion publique.

— Non, non, quand elle flétrit l'innocent. En telle circonstance, ce n'est point au monde qui s'est montré incapable d'apprécier les faits qu'il en faut appeler, mais à Dieu seul. Le verdict du jury suffit. Si le monde ne s'en contente pas, qu'y puis-je? Dieu connaît la vérité, et je me soumets à son adorable volonté.

Madame Temple observait Avice, dont le langage lui plut.

Emma Groves, s'adressant à son tour à miss Arden, murmura:

— Me pardonnerez-vous?

Et en parlant ainsi elle se leva, s'avança vers Avice, et lui tendit la main, que la nièce de madame Vernon prit dans les siennes. Les deux jeunes filles se regardèrent un instant en silence. Emma avait les yeux suppliants, baignés de larmes, et ses traits exprimaient l'angoisse. Avice, parfaitement calme, s'étonnait du trouble de son amie.

— Me pardonnerez-vous ? répéta Emma, dont les sanglots éclatèrent.

Avice, se penchant sur miss Groves, l'embrassa au
front. Emma appuya avec désespoir sa tête sur l'épaule
de la jeune fille.

— Qu'ai-je donc à vous pardonner ? demanda miss Arden à voix basse. Emma, que signifie tout ceci, et quel
mal m'avez-vous fait ?

La nièce de madame Vernon entrecoupait ses phrases
de baisers.

Miss Groves, relevant la tête, rendit à Avice ses ca-
resses avec une ardeur passionnée, et renouvela sa question :

— Me pardonnerez-vous ?

Alors la jeune fille pressant Emma dans ses bras, lui
répondit avec douceur.

— Assurément, je n'ai rien à vous pardonner. L'é-
preuve qui m'a séparée de Charles ne vient pas de vous.
J'avais confié le trésor de mon cœur aux flots orageux
du monde, et il a fait naufrage. Où la tempête s'est-elle
formée ? je l'ignore. Sans aucun doute j'aimerais à savoir
comment le poison a été versé dans votre verre. Peut-
être aussi ne serais-je pas fâchée de connaître....

— Quoi ? interrogea Emma.

— Qui a volé M. Churcher et tué la vieille Janet. Mais

non : il vaut mieux ne rien apprendre, car alors quelqu'un serait châtié et souffrirait. Ah! les victimes peuvent pardonner. Et si j'ai quelque chose à vous pardonner, Emma, Dieu m'est témoin que je le fais de grand cœur en ce moment.

Et Avice embrassa miss Groves une fois de plus. En cet instant, un coup de sonnette annonça le retour du vieux Churcher, et la nièce de madame Vernon se retira.

— Quand part-elle? demanda Gregory dès qu'Avice eût pris place dans la voiture.

— Après demain.

— La reverrez-vous jamais?

— Je l'espère.

A cette réponse, le vieillard fit entendre une de ses exclamations familières de mauvaise humeur, et se mit à fouetter son cheval de telle façon que l'animal lui-même dut en être surpris. Miss Arden dit à la fin avec son enjouement d'autrefois :

— Qu'avez-vous donc, monsieur Churcher?

Il se retourna et regarda en face le jeune fille.

— Dieu soit béni, s'écria-t-il, pour l'éclat qui brille dans vos yeux, O mon roman! mon roman! il n'est pas encore terminé, ma bien-aimée. Il reste beaucoup de choses à découvrir, et l'issue peut être excellente. Enfant, consentiriez-vous à habiter Monk's Barton, si votre tante le permettait?

Avice, étonnée de cette question soudaine, madame Vernon ne lui ayant jamais parlé du désir du vieillard, répondit :

— Quoi! dois-je quitter mes parents, et ai-je perdu aussi mon foyer?

— Vous me comprenez mal, se hâta d'ajouter le vieillard, effrayé de l'impression qu'il avait produite. Je pensais que vous ne refuseriez pas de venir égayer ma solitude. J'ai tant songé à vous depuis des années! j'espérais que vous aimeriez à passer dans ma maison un ou deux mois de temps à autre, et à vous y faire comme un second chez-vous, lors même que tout serait fini entre vous et mon petit-fils.

— Tout est fini, déclara miss Arden.

— Eh bien, si tout est fini, enfant, j'implore au nom de la charité ce que je comptais réclamer au nom du devoir en faveur d'un vieillard solitaire, à qui vous avez donné le doux nom de père. Avice, dites-moi que vous viendrez quelquefois à Monk's Barton; et que vous vous y considérerez comme dans votre propre demeure.

— Oui, je le ferai, cher père, promit la jeune fille avec effusion. Oh! merci de votre affection. Dans ce cœur qu'on prétend si égoïste il y a de généreuses pensées. Oui, il pourrait arriver que j'éprouvasse en certaines circonstances le besoin de me retirer à Monk's Barton, et je n'hésiterai point à le faire. En retour de cet engagement, promettez de me mander toutes les fois que vous le désirerez. Votre amour me comble aujourd'hui de félicité. J'ai rendu mon amitié à Emma, et je lui ai pardonné ce qu'elle a pu faire à mon détriment.

— Avice! est-ce possible? s'écria le vieux Churcher, Vous parlez de votre affection pour Emma! vous ne lui devez que de la pitié et la charité que la religion nous prescrit à l'égard de nos ennemis. L'affection que vous lui porteriez pourrait raccourcir la main de la justice, et je ne le souffrirai pas. Je veux que le meurtre de ma vieille Janet soit vengé.

— Arrêtez! interrompit miss Arden; il s'agit d'Emma. Qu'a-t-elle de commun avec le crime que vous rappelez?

Gregory enveloppa d'un regard étrange la figure bouleversée d'Alice, et répliqua :

— Miss Groves, ainsi qu'elle l'a avoué, a vu son frère dans le jardin de madame Bennets; on vous raconte cela; mais elle prétend que ces visites ont cessé plusieurs jours avant la fête de Waddesdon.

— Je le sais.

— Eh bien, je n'en crois pas un mot.

— Vous ne croyez pas Emma ! fit Avice stupéfiée.

— Non. Elle connaît celui qui m'a volé. De là son trouble pendant la soirée de madame Bennets. Quand on avertit Charles que j'étais mourant, elle comprit qu'un meurtre avait été commis, que l'assassin était son frère et qu'on le poursuivrait. Alors, — retenez bien cela, enfant, — alors elle s'est empoisonnée.

— Assez! assez! monsieur Churcher! balbutia miss Arden. Je vous en conjure, réfléchissez un instant à l'accusation que vous portez. Le frère d'Emma, je le répète, est parti quelques jours avant la fête de Waddesdon.

— Voilà précisément le point qu'il faut éclaircir, et j'y arrive. La petite Kate Cary a beaucoup parlé de la fête de Waddesdon-Hall et des bonnes choses qu'elle y avait mangées. Elle raconta à son aïeul Gérard May, qui me l'a redit, qu'un homme avait causé avec une belle dame que j'ai reconnue au portrait qu'elle en a tracé. L'aparté avait lieu au milieu des ifs. La dame donna à l'étranger quelques provisions et un gâteau. Ce dernier prit sur la haie un mouchoir de poche blanc, enveloppa les vivres dedans et s'éloigna. Depuis, Kate a rappelé fréquemment *le gâteau du pauvre homme*, comme elle l'appelle. Quand je l'ai vue cette après-midi, je lui ai porté un gâteau, et lui ai demandé à dessein : « — Qu'est-ce que cela ? » Elle m'a répondu sans hésiter : « — *Le gâteau du pauvre homme.* »

Avice, effrayée des proportions que prenait l'affaire dit d'une voix tremblante :

— Dieu merci ! une enfant telle que Kate Cary ne ne peut être appelée en témoignage.

— J'en conviens, mais elle m'a mis sur la voie. Voilà pourquoi j'ai gardé le fragment du mouchoir. Connaissant la femme qui avait donné les provisious, j'avais en main le fil du mystère, et je ne doutais pas que je ne pusse l'éclaircir un jour. L'homme des ifs était bien le frère d'Emma, qui s'était probablement déguisé. Aussi, à la nouvelle du vol et du meurtre, miss Groves, désespérée, s'est résolue au suicide, et nulle autre main que la sienne n'a versé le poison dans le verre. Tout cela est parfaitement clair.

— Voyez-la, père, murmura Avice frissonnant d'horreur, et expliquez-vous avec elle ; voyez du moins M. Brooks.

— Pour donner l'éveil, n'est-il pas vrai, et fournir au coupable le moyen d'échapper ! Il n'en sera pas ainsi. Je poursuivrai énergiquement le cours de mes investigations, afin de recueillir toutes les preuves possibles. Je ne ferai point la sottise de tirer la corde avant qu'elle ne soit assez forte pour supporter le pendu.

Il y eut un long silence. Le vieux Churcher le rompit le premier et demanda à sa compagne !

— N'avez-vous rien à dire à ce sujet ?

— Pardonnez-moi, j'aurais beaucoup de choses. Mais il est bon de réfléchir.

— N'avez-vous pas eu le temps de le faire ?

— Oui, monsieur Churcher. Je vous ai promis de ne point parler du fragment de mouchoir que le meurtrier laissa dans vos mains jusqu'à ce que vous le permissiez ; en outre, j'ai consigné par écrit les circonstances se rattachant à ce mouchoir, et vous avez mis sous clé le fragment avec l'écrit.

— Ce plan manquait-il de sagesse ? Regrettez-vous une mesure qui empêchait les bavardages et mettait en réserve une preuve excellente pour l'heure de la justice ?

— Je ne regrette rien, et me fie à votre prudence du soin de mon honneur relativement aux questions que la production du mouchoir pourrait provoquer.

— Soyez tranquille. Maintenant, Avice, ne pensez-vous point qu'il y ait identité entre le meurtrier possesseur du mouchoir et celui que Kate-Cary appelle *le pauvre homme*, lequel a enlevé sur la haie ce même mouchoir ?

— Cela me paraît probable. Quoiqu'il en soit, nonsieur

Churcher, je désire obtenir de vous en ce moment une promesse,

— Impossible.

— Alors je me regarde comme dégagée de la mienne.

— Gardez-vous de rien apprendre à Emma.

— Je la préviendrai de tout ainsi que son frère

— Avice, vous ne ferez pas cela.

— Eh bien, accordez-moi ce que je veux vous demander.

— Parlez.

— Promettez-moi de ne rien faire sans m'avertir.

— Soit. Et je vous déclarerai tout de suite que je vais immédiatement m'enquérir du lieu où se trouve à présent James Groves, de celui où il était la nuit de l'événement, et de l'endroit où il a résidé dans l'intervalle.

— Je n'ai rien à objecter à cela. Mais ne le traduisez point en justice, et ne révélez point vos soupçons sans me prévenir.

Le vieillard se mit à rire.

Je n'ai aucune peine à vous satisfaire là-dessus, répondit-il. Mais quand le moment sera venu, vous me laisserez agir, car la découverte de la vérité prouvera votre innocence et anéantira les terribles soupçons qui ont éloigné Charles de vous, en brisant le cher roman de ma vie,

— Ce résultat m'importe peu. Ainsi vous ne ferez aucune démarche pour saisir la justice sans que je le sache? vous me le promettez?

— Volontiers. Nous serons toujours fidèles l'un à l'autre, chère enfant. Nous voici à Waddesdon. Je n'entrerai pas. Bonne nuit.

Et le vieillard arrêta la voiture pour qu'Avice pût descendre, puis il continua sa route.

XV

IMPRESSIONS DIVERSES

Les longues vacances de Noël étaient achevées, et Emma, de retour chez madame Temple, avait repris une partie de ses occupations.

Le temps approchait où la noble famille Waddesdon devait rentrer dans le château de ses pères, et les gardiens du manoir le tenaient prêt à recevoir ses hôtes. Miss Marie était mariée et devenue lady Clayton.

Dans une de ses lettres à M. Vernon, lady Constance disait au fermier.

« Je suis heureuse que l'époux de ma fille ne soit pas
» un étranger pour vous, brave Augustin, tout en regret-
» tant que vos rapports aient commencé sous de tristes
» auspices, à l'occasion de la perte de votre chère petite
» Nelly. Cependant ce malheur vous a permis de juger
» de ses belles qualités, et j'espère que son séjour au
» château vous confirmera dans la bonne opinion que
» vous avez conçue de lui. »

es lignes affectueuses allèrent au cœur de M. Vernon
et de sa femme, et ils se réjouirent d'avoir pour maîtres
sir Henri Clayton et lady Clayton. Ils se promirent de
leur offrir ces bons services qui transforment de part et
d'autre le devoir en amitié.

Aussi les travaux marchaient à Waddesdon avec une
infatigable activité. De nouveaux domestiques furent
engagés par le fermier avec l'assentiment du Père Joseph.

— Il y avait aussi des ouvriers venus de Londres qui
travaillaient avec ceux de Working. Ils ne tardèrent point
à s'entretenir des bavardages circulant dans le pays au
sujet d'Avice. La jeune fille, qui s'aperçut de leurs chu-
chotements et de leurs regards malveillants, en conçut
un profond chagrin.

Un jour que, debout sur un tabouret, elle prenait des
mains de madame Vernon du linge damassé pour le pla-

ter article par article dans une armoire, elle entendit ainsi que sa tante des paroles outrageantes, auxquelles succédèrent des railleries et des éclats de rire

. Miss Arden pâlit et faillit s'évanouir.

Madame Vernon, après un instant de silence, dit à sa nièce :

— Avice, descendez; je finirai cela demain.

La jeune fille obéit; et, fixant sur sa tante un regard plein de larmes :

— Je vous en prie, recommanda-t-elle, n'en parlez pas à mon oncle.

— Non, chère enfant. Tout ce qu'il était utile de dire a été dit. Il y a un temps pour parler et un temps pour se taire. Si vous et moi nous avons besoin d'un sujet de méditation, rappelons-nous que l'Homme-Dieu garda le silence devant ses impies accusateurs. Quand il ouvrit la bouche, ce fut pour s'écrier : Mon Père, pardonnez-leur, ils ne savent ce qu'il font!

Il y eut un nouveau silence; puis madame Vernon reprit :

— Avice, allez préparer le dîner de votre oncle. Austin ne sera guère ici avant cinq heures. Vous tiendrez chaud le morceau de veau, comme vous savez qu'il l'aime.

L'infortunée sortit sans mot dire, et fit exactement

ce que sa tante lui avait recommandé. Elle ajouta
au plat de veau une tarte aux pommes apprêtée par
elle.

Ayant ainsi mis ordre au repas de M. Vernon, Avice
prit son manteau et son chapeau, franchit la porte de la
cuisine, traversa le jardin du prêtre, et se rendit à la petite église où elle s'agenouilla pour prier.

Elle était là depuis quelques instants, quand son vieux
cousin, John Arden, entra et la toucha légèrement pour
attirer son attention. La jeune fille leva la tête, et le serviteur lui dit :

— Mon maître désire vous parler.

Avice suivit Arden chez le Père Joseph.

— Votre tante est venue tout à l'heure, ajouta John, et
elle a entretenu notre pasteur.

En même temps il introduisit Avice dans le parloir, où
le Père Joseph se tenait debout, en l'attendant, il lui dit
dès qu'il l'aperçut :

— Pauvre enfant! Votre croix est devenue plus pe-
sante, je le sais.

— Hélas! il n'est que trop vrai.

— Ouvrez-moi votre cœur; racontez-moi vos peines.
Votre tante m'a appris que vous aviez cruellement souffert,
et elle m'a prié de vous encourager; est-il nécessaire que
je vous assiste.

— Je l'ignore.

— Que faisiez-vous quand je vous ai fait appeler?

— J'étais à l'église.

— Vous étiez à la source de toute consolation. Néanmoins si vous pensiez éprouver quelque soulagement à me confier vos chagrins, je vous écouterais volontiers. Votre tante croit qu'il est pénible à une orpheline comme vous de n'avoir personne à qui s'ouvrir.

— Je ne me suis sentie réellement orpheline qu'à dater de cette horrible épreuve, répondit Avice. Toutefois, mon père, vous vous trompez aussi bien que ma tante en supposant que je ne parle à personne de mes peines. J'en cause beaucoup, trop peut-être, avec M. Churcher.

— M. Churcher est un de vos grands amis, chère enfant. De quoi vous entretenez-vous ensemble?

— Je vous rapporterai tout ce qu'il m'est permis de dire, répliqua la jeune fille.

Et s'étant assise sur l'invitation du prêtre, elle lui communiqua ce que Gregory lui avait raconté en la ramenant de Working, et d'autres choses encore dont il lui avait fait part en diverses circonstances.

— Il croit, poursuivit miss Arden, que James Groves est l'assassin de Janet et qu'Emma s'est empoisonnée en apprenant que le vol avait été suivi de meurtre.

— Que fait maintenant M. Churcher?

— Je crois qu'il se tient tranquille pour le moment. Il a découvert, je ne sais de quelle manière, que James Groves va revenir en Angleterre; il dit qu'il essayera de le voir, prétendant qu'il le reconnaîtrait entre mille. Il a eu d'abord la pensée de se rendre à Paris; mais il s'est présenté des difficultés; j'ai fait mon possible pour le retenir, et j'ai réussi.

— Cela ne fera que retarder le terrible éclat. Si M. Churcher parvient à établir l'identité du meurtrier avec James, il appellera certainement ce dernier en justice.

— Évidemment. Quelle heureuse fortune pour moi si mon innocence était reconnue! quoique je sois résignée à vivre en butte aux soupçons des hommes, j'éprouverais une grande joie, je le sens, d'en être délivrée.

— Vous pensez que les choses reviendraient à leur état précédent?

— Aucunement. M. Churcher avait cette opinion, mais je ne l'ai point partagée. J'ai tâché, la semaine dernière, de lui faire comprendre que je devais renoncer à épouser Charles Vernon, et j'espère avoir obtenu gain de cause.

— Est-il donc déterminé à exercer des poursuites contre l'assassin, quel qu'il soit?

— Assurément. Il est allé consulter son homme d'affaires sur une récompense nouvelle qu'il se propose d'offrir pour l'arrestation du coupable.

— A quoi bon, s'il a la preuve que James Groves est l'auteur du crime?

— Je ne sais. Il prétend avoir besoin d'un homme habile, et il est convaincu que plus la somme proposée est considérable, plus les recherches seront zélées. J'ai tenté de le détourner de ce projet.

— Pourtant si vous désirez que votre innocence soit établie, vous ne devriez point agir de la sorte.

— Hélas! soupira Avice, je suis parfois déraisonnable et faible. Quand je souffre trop de ma situation, je souhaite quelque soulagement; mais dès que ma douleur diminue, je me surprends à craindre d'acheter trop cher ma réhabilitation.

— Comment cela?

— Je redoute de voir Emma plongée dans des angoisses pires que les miennes. Son état serait beaucoup plus terrible, car moi, je puis du moins me rendre ce témoignage que je suis innocente.

— Qui vous dit que miss Groves ne pourrait également se rendre ce témoignage? Prenez garde, Avice, de soupçonner les autres à votre tour sans motifs sérieux. Il n'existe pas plus de preuves contre Emma que contre vous.

— Il y a des preuves contre son frère et des indices contre elle.

— Vous êtes dans l'erreur : il n'est pas démontré le moins du monde que le meurtrier soit James Groves.

— Permettez, Père Joseph. Les charges qui s'élèvent contre le jeune homme sont de telle nature, que j'ai dû essayer d'arrêter M. Churcher dans ses poursuites, afin d'épargner à Emma la douleur de voir son frère traduit devant les tribunaux. J'ai voulu, par cette conduite, prouver la sincérité de mon pardon.

— Soit. Maintenant, Avice, écoutez-moi : si vous supposez qu'Emma a pu attenter à ses jours, et que son frère est l'assassin de Monk's Barton, il faut garder le silence et ne faire aucune démarche en sa faveur.

— Mais James sera pendu.

— Ce n'est pas votre affaire. Je le répète, ne faites rien, demeurez neutre. Seulement, je vous recommanderai d'écarter vos défiances à l'égard d'Emma et de tâcher, malgré tout, d'avoir confiance en elle. D'ailleurs vous n'avez pas mission de la juger. Enfant, suivrez-vous mes avis ?

La jeune fille ne répondit pas sur-le-champ ; elle interrogea sincèrement son cœur, puis elle dit :

— Oui, j'essayerai.

— Eh bien, recevez la récompense de cette bonne

parole, fit le vieillard. Madame Brooks m'a fait parvenir une lettre très-intéressante qu'Emma lui a écrite, et dans laquelle miss Groves déclare songer à embrasser la religion catholique. Ce qui l'a frappée, c'est la résignation des fidèles à la foi romaine lorsqu'ils éprouvent des malheurs. Elle réclame des livres et des instructions. Dans le cas où la conviction s'établirait dans son esprit, elle avertirait madame Temple, et sortirait de la pension aussitôt que sa maîtresse le désirerait. Priez donc pour Emma, et croyez qu'elle n'avait aucun motif d'agir comme vous le supposez. Ayez confiance en elle comme vous souhaiteriez qu'on eût confiance en vous. Le voulez-vous ?

Oui, je le veux. Est-ce tout ?

— Miss Groves ajoute dans sa lettre qu'elle a reçu des nouvelles de son frère. James, qui a été quelque temps soigné dans un hôpital, où sir Henri et lady Marie Clayton l'ont visité, engage sa sœur à étudier la religion catholique. Les deux jeunes époux arrivant ici le mois prochain, nous donneront probablement d'autres détails.

Puis-je raconter tout ceci à M. Churcher ?

— Sans aucun doute. Emma n'en fait point mystère.

Avice quitta le Père Joseph, résolue de se conformer aux avis du prêtre, et réfléchissant à ce qu'elle venait d'apprendre. Au retour, elle parla à sa tante de miss Groves. Mais madame Vernon répondit brièvement :

— Le Père Joseph m'a communiqué ces choses.

— Les avez-vous répétées à mon oncle?

— Oui, Avice. Préparez la note de beurre pour madame Bennets ; tout est écrit sur mon journal.

Miss Arden comprit que sa tante désirait se taire sur le compte d'Emma, et qu'elle aussi avait besoin de faire effort pour ne point juger défavorablement la jeune fille · elle se promit de ne point insister sur ce sujet

Plus d'une semaine se passa avant qu'Avice ne vît M. Churcher. Il vint enfin sur une belle soirée, au moment où miss Arden se rendait à la tombe de la petite Nelly, et il l'y accompagna en silence. Les primeroses étaient fleuries, et leur luxuriante verdure formait une croix.

— Quelle grande et glorieuse chose doit être la mort! fît la jeune fille.

Sa voix résonnait, harmonieuse, dans le calme de cette journée qui finissait ; et le vieillard l'écoutait avec délices.

— Les habitants du ciel le savent, répliqua-t-il. Mais il y a différentes espèces de mort. La mémoire de l'ange dont la dépouille repose à nos pieds est exempte de tristesse. En sera-t-il ainsi de la mienne? Je descends péni-

LE RÊVE D'UN VIEILLARD. 231

blement le sentier de la vie, et je le trouve âpre et rude.
Que de peine m'ont assailli ! Je n'ai que d'amers souvenirs, dont je ne parle à personne, excepté vous, chère
enfant. Maintenant vous connaissez le fardeau de mes
douleurs : j'ai une lourde tâche à remplir, et je tiens à
vous faire rendre justice avant de sortir de ce monde.
La tranquillité, la paix, qui sont d'ordinaire l'apanage
des cheveux blancs, en jouirai-je un jour ?

La voix de Gregory tremblait en achevant ces mots, et
il s'appuya au bras d'Avice comme s'il eût craint de
défaillir.

— Emma Groves pense à se faire catholique, dit miss
Arden d'un ton affectueux.

— Je l'ai appris de madame Brooks, cette après-midi.
« — Bien, répondis-je. Quoiqu'il en soit je la soupçonne
toujours. » — Le médecin parut surpris, et je me tus. J'ai
fait surveiller James ; il a passé plusieurs semaines
dans un hôpital où sir Henri Clayton l'a visité ; j'attendrai qu'il soit rétabli. Mon cœur se refuse à poursuivre
un mourant.

— Mourant ! dites-vous ?

— Il était sérieusement malade ; maintenant il n'est
plus en danger. La peur l'a ramené à la religion. Nous
pouvons supposer que le pécheur s'est repenti et que
Dieu lui a pardonné. En venant à Working, je me suis

demandé si nous ne devions pas imiter le Tout-Puissant et oublier; mais d'autres réflexions m'ont détourné de cette idée. Avice, je n'ai jamais désiré que la justice et non la vengeance. Si tous les assassins doivent être punis, pourquoi celui-ci ne le serait-il point? Que suis-je pour changer les lois et permettre à un meurtrier de conserver sa liberté? D'ailleurs je verrai le Père Joseph, et je lui révèlerai le secret du mouchoir. La lune se lève environ vers neuf heures, et je ne partirai pas avant.

— Je lui ai moi-même raconté tout ce que vous m'aviez autorisé à répéter, déclara miss Arden, et je suis heureuse que vous soyez décidé à lui apprendre le reste. Il vous engagera, en l'absence de preuves positives, à ne point vous arrêter à des soupçons.

Tout en s'entretenant de la sorte, Gregory et Avice s'éloignèrent de la tombe et passèrent dans le jardin. L'atmosphère était extrêmement douce. Churcher garda le silence, car il était singulièrement impressionné.

La jeune fille reprit :

— Le vénérable prêtre veut que je m'efforce de croire à l'innocence d'Emma et d'avoir confiance en elle

— Oui, enfant, murmura le vieillard, ce conseil vous convient à vous qui n'êtes point, comme moi, obligée d'agir ; mais il peut en avoir d'autres à me donner.

XVI

OU LA SCÈNE CHANGE

Les deux vieillards, le prêtre qui cultivait la vigne du Seigneur et le fermier qui travaillait aux champs de cette terre, s'entretinrent longuement et sérieusement ce soir-là. Ces deux hommes de caractère si opposé et de conditions si différentes s'aimaient néanmoins comme deux frères. Le Père Joseph savait que le vieux Churcher, courbé sous le poids du chagrin, était un vrai fils de l'Eglise, doux et humble dans son originalité, fervent et pieux dans la pratique de sa religion. Il avait découvert dans ce brave cœur inconnu du monde des trésors de droiture et de bonté.

Quand Gregory, au sortir de cette conversation avec le prêtre, se rendit dans la salle à manger où monsieur et madame Vernon ainsi qu'Avice l'attendaient pour souper, il y avait un changement sensible dans ses manières, quelque chose de plus doux et de plus affectueux qu'autrefois.

Lorsqu'il prit congé d'eux en leur souhaitant le bonsoir, il y avait dans son accent une telle tendresse qu'ils en furent touchés, et Austin Vernon y répondit en prononçant le nom de « grand-père » que le vieux Churcher n'avait plus entendu depuis le départ de Charles.

Madame Vernon reconduisit Gregory jusqu'à la porte, et le chargea de quelques commissions pour Martha, qui demeurait maintenant à Monk's Bardon. Le vieillard s'arrêta pour qu'Avice l'aidât à mettre son grand pardessus ; ensuite, s'étant baissé, il embrassa la jeune fille. C'était dans le couloir, sans autre lumière que la clarté de la lune dont les rayons pénétrait par la porte ouverte devant laquelle on avait amené le cheval et le cabriolet de Churcher. Il laissa couler des larmes sur la joue de miss Arden ; toutefois il répéta d'une voix forte et joyeuse :

— Bonne nuit, chers amis, bonne nuit, Austin, bien des remerciements.

Et la voiture roula aussitôt rapidement sur la route.

Avice écouta un instant le bruit qui ne tarda pas à s'éteindre dans le lointain. Elle remerciait Dieu tout bas sans savoir de quoi encore ; mais elle pressentait quelque chose de favorable.

M. Churcher, emporté vivement par son cheval qui se hâtait de retourner à l'écurie, traversa la bruyère, longea l'église et le mur du cimetière, et arriva près de la barrière, où une forme humaine se dressa tout à coup en disant :

— Est-ce vous, maître?

Oui, Myers ; je rentre plus tard que je ne pensais ; mais je suis sain et sauf.

Myers ayant franchi la barrière, se mit à marcher à côté du cabriolet jusqu'à la grille de Monk's Barton. Là, il passa à la tête du cheval tandis que Grégory descendait.

— Vous veillez, Myers, fit le vieillard. Le temps, mon ami, n'adoucit-il point votre chagrin ?

C'est de l'agitation autant que du chagrin que j'éprouve, maître. Je ne puis me faire à l'idée de la terrible fin de ma pauvre Janet. Une femme si douce, si bonne, si laborieuse, ne méritait point une mort pareille. Il me semble que c'était hier, poursuivit le vieux serviteur en sanglotant : nous descendions ce même sentier après la bénédiction nuptiale. Si on m'eût dit alors que celle que je venais de mener à l'autel périrait assassinée, j'eusse répondu : il y aura sang pour sang ; ma main vigoureuse la défendra. Et cependant on l'a tuée, et je vis encore.

En s'exprimant ainsi, Richard Myers pleurait, et ses dents claquaient malgré lui. Gregory l'écoutait, immobile, sans chercher à l'interrompre, recueillant religieusement toutes ses paroles. Quand le domestique eut fini, le vieillard continua de garder le silence. Il réfléchit qu'il était de son devoir d'éclaircir cette affaire, non pour sa propre satisfaction mais pour celle de Myers. Il résolut donc de redoubler d'activité dans ses recherches ; et il se sentait d'autant plus à l'aise pour agir que la colère était éteinte dans son cœur, et qu'il n'obéissait qu'à son amour pour la justice.

Ayant souhaité le bonsoir à Myres, il monta dans son appartement l'âme en paix.

Il alla faire sa prière dans la chambre de la chapelle, puis il soupa avec du lait froid et du pain, près du feu allumé par Martha, et se coucha bientôt.

Pâques, cette année, vint avec les fleurs du printemps. La gaieté paraissait régner de tous côtés.

Lady Constance, *la chère dame*, comme la nommaient les paysans, était arrivée à Waddesdon-Hall. Agée seulement de quarante-sept ans, elle semblait encore jeune dans sa mise simple et sa haute stature ; douce, gracieuse, elle n'avait oublié aucun nom malgré sa longue absence.

En lui souhaitant la bienvenue, Austin Vernon retint ses larmes avec peine. La foule, qui se pressait autour de sa voiture, mêlait, dans les bénédictions dont elle la comblait, son nom à celui de Henry Clayton et de lady Clayton.

A la porte, elle trouva le Père Joseph environné d'enfants, qui la pria de descendre. Quelques vieillards s'approchèrent et lui adressèrent des compliments partant du cœur sur le choix de l'époux de Marie.

A l'entrée du château, elle rencontra madame Vernon à la tête des domestiques.

Au bout d'une semaine, lady Constance était au courant de toutes choses. Le Père Joseph n'omit point de lui raconter l'empoisonnement d'Emma, le meurtre de Janet, et l'accusation dirigée contre Avice et le frère de miss Groves.

La noble dame témoigna un intérêt touchant pour la jeune fille, à qui elle s'abstint de rappeler les cruels événements, par crainte de la chagriner; mais elle en parla à madame Vernon et à son mari; elle rendit même une visite au vieux Churcher pour l'entretenir à ce sujet.

Après les fêtes, Avice, qui se souciait peu de revoir Charles à Waddesdon, demanda d'aller à Monk's Barton, et sa tante y consentit volontiers. Au jour fixé, Carter la conduisit à la ferme.

Le vieux Churcher et Martha furent aussi heureux l'un que l'autre de la présence de miss Arden.

Monks's Barton était un triste séjour comparé à Waddesdon-Hall. Bien que Martha eût consenti, sans avoir même l'idée d'élever une objection, à s'établir auprès de Gregory, elle ne pouvait cependant s'empêcher de soupirer à la pensée de la jeune fille qu'elle aimait tant; son vieux cœur avait saigné beaucoup plus qu'elle ne l'avait laissé voir. Aussi l'arrivée d'Avice fut pour elle une véritable fête.

La nièce de madame Vernon était également satisfaite; elle sentit que ce changement lui faisait du bien. Chose singulière, il y avait plus de fleurs à Monk's Barton qu'à Waddesdon-Half, et le maître de la maison consacrait tout un grand jardin à leur culture.

Avice prit plaisir à soigner ce jardin, dont jadis une femme s'était occupée déjà; ces travaux agréables mettaient du baume sur ses blessures; elle bénissait Gregory Churcher, et le vieillard la bénissait.

Il y avait beaucoup à Monk's Barton; adroite comme elle était, miss Arden se rendait utile, et Martha la complimentait en souriant.

Quand la journée était achevée, on allumait du feu

dans la plus belle des chambres de la maison, car, bien que le mois de juin approchât, les soirées étaient fraîches ; on servait le thé sur la table ronde de chêne, et le vieux Churcher prenait place dans son fauteuil.

Avice s'entretenait librement avec Gregory de tout ce qui l'intéressait; elle abordait des sujets qu'elle eût évités à Waddesdon. Dans ces conversations intimes, les sentiments du vieillard et ceux de la jeune fille se pacifièrent : Churcher ne désirait plus vie pour vie, et Avice cessa de se préoccuper de sa justification devant les hommes.

Au bout de quelques jours, un message du Père Joseph annonça que le prêtre coucherait le soir à Monk's Barton, en revenant de visiter des familles catholiques demeurant assez loin. Cette nouvelle fut la bien venue, et Avice prépara tout ce qui était nécessaire.

Le vénérable ecclésiastique arriva comme il l'avait promis, et apporta des lettres à miss Arden; quand elle les eut lues, elle alla s'asseoir près du Père Joseph et de M. Churcher. Elle était grave sans être triste, et demanda la permission de parler de ses dépêches.

Madame Vernon lui écrivait que Charles avait refusé l'invitation que son père lui avait adressée de venir à

Waddesdon pendant les fêtes de Pâques. De plus, elle envoyait à sa nièce une lettre que le jeune homme lui avait écrite, ajoutant qu'elle faisait des vœux pour que la chose dont il l'entretenait ne se réalisât point.

Elle faisait allusion au projet de mariage entre Charles et Emma Groves. Voici ce que le jeune homme lui disait à ce sujet.

« Miss Groves est maintenant une catholique ferven-
» te ; elle me connaît mieux que personne ; et je la con-
» nais ; ma position se dessine bien ici, et l'avenir s'of-
» fre à moi sous de brillantes couleurs. Emma sera pour
» moi une excellente épouse ; initiée aux habitudes
» du monde, elle ne se laissera jamais entraîner par
» lui. »

» Ce qui m'attache particulièrement à elle, c'est
» qu'elle sait quelles épreuves j'ai subies, elle y est sen-
» sible, et elle a plaidé la cause d'Avice, qui refusera
» toujours, je ne l'ignore point, d'accorder sa main à
» l'homme qui l'a soupçonnée.

» Quoiqu'il en soit, j'ai la conviction que je vivrais
» heureux avec miss Groves. Peut-être vous demanderez-
» vous si elle voudra de moi. Eh bien, oui, elle consen-
» tira, j'en ai la certitude.

» Si mon père accueillait mal mes vœux, je vous prie,

» chère mère , de travailler à le disposer favorable-
» ment. »

Telle était la lettre de Charles. Avice, accoudée sur la
table, la lut d'une voix douce et parfois émue; mais elle
n'en omit pas une syllabe.

Le Père Joseph observait tour à tour miss Arden et
Churcher.

Le vieillard avait également reçu un paquet assez vo-
lumineux. Il l'ouvrit, l'examina, ne fit aucune observation, et, les yeux fixés sur la flamme, il garda la missive
dans sa main crispée.

Quand Avice s'assit pour communiquer le contenu de
ses lettres, Gregory tourna sa chaise vers la table, sur
laquelle il plaça sa main fermée, et écouta gravement
jusqu'à la fin. Alors il dit d'une voix sombre :

— N'y a-t-il pas encore quelques lignes dans la lettre
de votre tante?

— Je ne l'ai pas remarqué, répondit-elle.

En même temps elle jeta de nouveau les yeux sur le
papier, et aperçut le post-scriptum suivant, qu'elle lut
tout haut :

« Charles apprend à son père que James Groves est à
» Londres , mais qu'il ne l'a pas vu , et que le frère
» d'Emma a été reçu dans l'Eglise catholique à Paris,
avant de sortir de l'hôpital. »

A ces mots, un cri s'échappa de la poitrine du vieux Churcher, et il murmura.

— Voyez ceci !

En parlant de la sorte, il déplia la lettre qu'il tenait et en retira cent soixante dix livres sterling en billets de la banque d'Angleterre : c'étaient les billets même qu'on lui avait volés. Sur l'enveloppe qui les contenait on avait écrit ce mot : RESTITUTION. Ainsi les billets revenaient au moment où l'on annonçait la conversion de James Groves au catholicisme, étrange coïncidence !

XVIII

EXAMEN.

Il y avait là deux faits qui semblaient confirmer pleinement les soupçons de Gregory. Sans prêter attention à son argent recouvré , le vieillard s'enfonça dans son fauteuil, ferma les yeux et balbutia :

— Sa sœur !

Il poussa un profond et douloureux gémissement, car il aimait Charles. Bien que peiné de le voir séparer d'Avice, partageant les sages idées de madame Vernon, il ne l'avait point blâmé. Mais en ce moment il songeait

11.

que le jeune homme voulait épouser la sœur d'un meurtrier.

Le souvenir de la terrible nuit du crime s'offrait de
nouveau en ce moment à son esprit avec ses affreuses circonstances, et il ne pouvait se faire à l'idée que son petit-
fils pensait sérieusement à se marier avec Emma, la
sœur du coupable.

Sa sœur ! Il prononça ce nom avec une angoisse si
poignante, que ses auditeurs tressaillirent. Avice se leva, s'approcha du vieillard, lui prit la tête dans ses mains,
et lui dit avec tendresse :

— Père ! père !

. Ces mots magiques le rappelaient toujours à lui-
même ; il ouvrit les yeux et se redressa sur son fauteuil.

— Père, reprit miss Arden, vous êtes mécontent, je
le vois. Rassurez-vous, cependant ; je connais Charles ,
il ne fera rien qui vous déplaise ou vous déshonore, et il
ne manquera jamais envers vous. D'ailleurs nous savons
si peu de chose sur cette affaire que nous devons , ce me
semble, nous abstenir de juger avant plus ample informé.

— Parfaitement, mon enfant chérie ; la rectitude de
votre jugement me plaît, et vous pardonnerez à un vieil-

lard. L'âge a ses défaillances, et je viens d'en éprouver
une.

Puis, se tournant vers le Père Joseph, il lui dit :

— Voulez-vous discuter avec nous tout cela?

— J'y consens, répliqua le prêtre.

Il avait examiné soigneusement la double enveloppe
des billets, et il ajouta :

— L'enveloppe intérieure est du papier français ; l'autre est d'origine anglaise, j'en suis sûr ; le timbre est celui de la poste de la rue d'Oxford. Venez avec moi demain à Waddesdon-Hall, et j'ai lieu d'espérer que là je
pourrai vous fournir des éclaircissements plus satisfaisants, je crois même qu'il est un point sur lequel
nous pourrions consulter utilement lady Constance.

A ce langage, les larmes montèrent aux yeux d'Avice.
Elle regarda successivement Gregory et le Père Joseph,
et elle s'écria :

Il est vraiment par trop cruel de profiter de la première
bonne action inspirée à un converti par sa foi nouvelle
pour travailler à sa perte. Oh! père! supplia-t-elle les
mains jointes en s'adressant au vieux Churcher, pardonnez-lui ; il s'est repenti, et vous ne sauriez faire mal en
oubliant le crime.

Gregory, ému, garda le silence, et ce fut le Père Joseph
qui répondit :

— Quand les apparences accusent un homme, cet homme a le droit d'être entendu. Offrir de pardonner à quelqu'un avant que sa culpabilité ne soit constatée ou même qu'il connaisse les imputations dirigées contre lui, n'est-ce pas au fond le condamner? Il ne suffit pas de s'engager à oublier, il est nécessaire d'aller jusqu'au bout, et de mettre la personne suspectée en demeure de prouver son innocence. James Groves, en un mo, doit être informée des charges qui s'élèvent contre lui.

— Ainsi, Père Joseph, demanda Avice, vous croyez réellement que James Groves a volé M. Churcher et a assassiné Janet?

— Non, du tout.

Miss Arden fit un geste de surprise, et le prêtre continua:

- Non, je n'ai pas besoin de me poser cette question ni de la résoudre dans mon esprit. A quoi bon? Je ne raisonne pas d'après l'opinion que je puis m'être faite à ce sujet, mais j'explique quel est le devoir de M. Churcher; et je dis qu'il est tenu de produire les preuves qui militent contre le jeune homme, afin qu'il y soit répondu contradictoirement, s'il est possible.

— Et si James était pendu? fit Avice.

— C'est qu'il serait coupable d'un crime qui mérite

cette terrible expiation, et il ne devrait s'en prendre qu'à lui-même. Mais si, au contraire, il est innocent, faut-il donc permettre que Myers et M. Churcher croient faire grâce à un homme dont ils auraient eux-mêmes à réclamer le pardon pour leurs injustes soupçons, si la vérité se manifestait? Il n'y a qu'une chose à faire, c'est de dire à James Groves : Prouvez publiquement votre innocence.

Le lendemain, Gregory conduisit le Père Joseph et Avice à Waddesdon. Là, le vieillard ayant remis les rênes à Carter, se dirigea avec miss Arden et le prêtre vers la maison de ce dernier. John ouvrit la porte, comme d'habitude, et ils entrèrent tous les trois au parloir, en silence. L'ecclésiastique avança une chaise à M. Churcher, fit signe à Avice de s'asseoir, alla à l'armoire renfermant ses livres et papiers, en retira une boîte en fer blanc, la déposa sur la table, et y prit un papier. Ensuite il dit à Gregory :

— Veuillez montrer le papier sur lequel est écrit le mot « Restitution. »

Le vieillard le présenta.

— Maintenant regardez celui-ci, ajouta le prêtre : les deux écritures sont identiques, et les lignes tracées sur le papier en ma possession révèlent clairement la main qui les a formées; ce fragment porte d'un côté l'adresse

d'Emma Groves et de l'autre la signature de James. Rien
de plus clair, par conséquent. Ce papier a servi a enve-
lopper des sous, dont vous pouvez voir les marques; il
s'est déchiré, et on l'a recouvert d'un morceau de papiers d'emballage.

— Comment cet écrit est-il tombé entre vos mains?
s'enquit le vieux Churcher.

— Le jour de la soirée chez madame Bennets, je cau-
sais avec Avice près de la porte du jardin de cette dame,
ouvrant sur Mint-Lane. Au moment de m'éloigner, j'aperçus ce papier à terre, et je le ramassai machinalement.
J'y attachai si peu d'importance, qu'une heure plus tard
il m'eût été impossible de dire ce qu'il était devenu. Vous
vous rappelez que le lendemain de l'attaque dirigée contre
vous je vins vous visiter, que je me trouvais chez vous
avec madame Vernon, et que vous envoyâtes chercher
Avice?

— Oui, je me le rappelle parfaitement.

— Eh bien, M. Vernon, demeuré seul en bas avec moi,
me raconta l'empoisonnement d'Emma et les soupçons qui pesaient sur miss Arden. Vous ne saviez
rien encore.

— Non, je ne savais rien. Je mandai la jeune fille pour
lui parler de son mouchoir que le voleur avait laissé en-

tre mes mains. A son arrivé, Avice monta près de moi.
Mais continuez, monsieur, je vous prie.

— Excessivement peiné de tout cela, j'évitai d'en parler, et me contentai d'implorer la miséricorde divine.
A mon retour dans cette pièce même, John Arden m'apporta divers objets qu'il avait recueillis dans la poché de
mon pardessus, et je remarquai ce papier. Je me préparais à le détruire; mais, apercevant une adresse, une signature et une date, je le mis dans la boîte, pressen-
tant que tout ce qui venait de cette part pouvait avoir
de l'importance, vu les circonstances. Quand vous m'eû-
tes communiqué vos soupçons sur James Groves, j'examinai de nouveau ce papier.

— Ainsi, conclut Avice, nous savons maintenant que
c'est James Groves qui a envoyé l'argent.

— Nous *soupçonnons*, nous ne *savons* pas, déclara le
Père Joseph. Nous avons constaté que la même main a
écrit les mots « Restitution », l'adresse et la signature;
nous ne savons pas autre chose.

— Alors ces pièces ne prouvent rien, reprit la jeune
fille très-satisfaite de l'observation du Père Joseph, car
James aurait pu écrire le mot « Restitution » pour un
autre.

— Cependant elles ont une grande importance. Munis
de ces papiers, il est tout naturel que nous allions trou-

ver le jeune homme et que nous lui disions : Voici des pièces qui vous accusent ; expliquez-vous et prouvez que nous ne devons point croire à votre culpabilité.

Gregory Churcher avait minutieusement examiné le papier, tout en écoutant le prêtre. Enfin il se leva en disant :

— Je vais chez Austin Vernon. Avice, accompagnez-moi. Père Joseph, si vous avez quelques questions à faire à lady Constance, je resterai près du fermier jusqu'à ce que vous veniez m'apprendre ce qu'aura répondu cette dame.

— Je crois qu'il est temps de tout révéler à lady Constance, de lui demander si elle a jamais vu James Groves, et comment sir Henri Clayton a connu le frère d'Emma. Quand je saurai cela, je vous appellerai ou vous enverrai chercher. Que comptez-vous faire ensuite, monsieur Churcher?

— J'ai l'intention d'aller à Londres. Je partirai ce soir même, Père Joseph, et je serais heureux que vous vinssiez avec moi ; vous m'assisteriez de vos conseils afin que j'agisse selon les lois de l'équité.

— Je ne refuse point : toutefois je ne puis encore m'engager. Passez chez Austin Vernon tandis que je me rendrai chez lady Constance.

Quelques minutes plus tard, le prêtre se présentait

chez la noble dame et entrait immédiatement en matière. Lady Constance n'avait jamais vu James Groves. Mais un jour, à Paris, sir Henri Clayton, au retour d'une promenade qu'il avait faite en voiture avec un Français de ses amis, lui rapporta qu'il avait rencontré dans une rue un groupe de trois ou quatre personnes entourant un homme qui gisait sur le pavé, en proie, croyait-on, à une attaque de nefs. Le timon de la voiture frappa violemment dans le dos de l'un des individus qui soignaient le malade, et il fallut conduire le blessé à l'hôpital.

— Notre intérêt pour lui s'accrut, poursuivit lady Constance, quand nous sûmes qu'il était anglais, et qu'un de ses patrons était parent de M. Brooks, le médecin de Working. Il se nommait James Groves. Il fit voir à sir Henri des lettres de sa sœur, dans lesquelles Emma parlait des Vernon, de Waddesdon et d'Avice Arden. Sur ces entrefaites, je quittai Paris pour retourner à Londres. Sir Henri Clayton continua de visiter assidûment le blessé, et il m'écrivit que James se disposait à embrasser la religion catholique. Voilà tout ce que je sais.

Le Père Joseph, d'après ces communications, jugea utile d'accompagner Gregory dans son voyage, et lady Constance lui offrit sa maison de Londres; mais il refusa, parce qu'elle était trop éloignée du quartier

où il prévoyait que le drame allait probablement se dé-
nouer.

Le prêtre et le vieux Churcher s'étant rendus à la sta-
tion du chemin de fer, prirent le premier train partant
pour Londres, où ils arrivèrent à une heure assez avan-
cée de la soirée.

XIX

. LOIN DU LOGIS

Une voiture conduisit les deux vieillards à travers les rues animées de la vaste citée ; ils échangèrent quelques mots à peine jusqu'au moment où le véhicule s'arrêta devant la maison où logeait Charles Vernon.

— Soyez assez bon pour monter le premier , dit Gregory à son vénérable compagnon ; vous le préparerez à ma visite et vous lui ferez entendre que je ne suis point fâché contre lui à cause de sa lettre. Pendant ce temps, je ferai déposer nos paquets à l'hôtel , je paierai le cocher, et je commanderai notre souper. Annoncez-

lui que nous avons des renseignéments sur le meurtrier, mais que nous ne lui en parlerons point ce
soir.

Ces recommandations faites, les deux voyageurs descendirent de voiture, et le prêtre alla frapper à la porte
de Charles, qui fut extrêmement surpris à la vue du Père
Joseph. Bientôt Gregory parut à son tour

Le lendemain matin, qui était un samedi, le vieux
Churcher demanda à son petit-fils :

— Charles, pourrais-tu obtenir un congé?

— J'ai sollicité la permission de m'absenter jusqu'à
mardi, répondit le jeune homme, et je l'ai obtenue

— Où est Emma Groves? reprit Gregory.

— Chez madame Temple.

— Est-ce loin d'ici?

—Oui, assez loin Cependant avec l'omnibus on y arrive en une demi-heure.

— Où est son frère James.

— Je l'ignore; toutefois je pense qu'il est à Londres
en ce moment : miss Groves me l'a dit

— Charles, mon cher garçon, parle-moi franchement;
serait-ce pour toi un grand sacrifice de renoncer à
Emma? interrogea le vieillard.

— J'en éprouverais une affliction cruelle. Destiné, comme je le suis, à vivre à la ville, je n'y serai heureux, je le sens, qu'avec miss Groves. Je nourrissais l'espoir que vous consentiriez à notre mariage.

— Je te comprends, fit M. Churcher : c'en est fait de mon rêve.

Il pensait à Avice en prononçant ces dernières paroles. Charles, qui ne se méprit aucunement sur l'allusion, rougit beaucoup et garda le silence.

— Assez là-dessus, poursuivit Gregory; nous avons d'autres choses fort graves à discuter : nous sommes venus pour tâcher de découvrir la vérité au sujet du vol et du meurtre. Je n'ignore pas, Charles, combien cette affaire est pénible pour toi; mais notre devoir est d'aller jusqu'au bout. Nous pensons qu'Emma doit savoir quelque chose, et la culpabilité de James Groves est démontrée presque jusqu'à l'évidence.

Le vieux Churcher raconta à son petit-fils l'histoire tout entière; il insista spécialement sur les derniers incidents et sur la restitution des billets de banque; il ajouta que, dans sa conviction, miss Groves, en apprenant le meurtre, avait attenté à ses jours

— Maintenant, Charles, continua Gregory, je te le déclare en présence du prêtre de Dieu, je t'aime trop pour vouloir te blesser. Dis-moi ce qu'il faut faire.

Au lieu de répondre, le jeune homme se leva brusquement et s'élança hors de la chambre.

Le Père Joseph et Churcher se regardèrent, étonnés; puis le second soupira :

— Pauvre garçon ! que le Ciel nous soit en aide !

Le prêtre inclina la tête en silence et se mit à réciter son office. Une heure s'écoula, et madame Blake, la maîtresse de l'hôtel, se présenta. Elle dit à Gregory :

— Pardonnez-moi, monsieur de vous déranger. Votre petit-fils, M. Vernon, a rencontré, il y a un instant, un de nos employés, à qui il a remis un mot pour moi ; il m'annonce qu'il ne rentrera point pour dîner, mais que vous pouvez l'attendre pour quatre heures, et qu'il espère vous retrouver ici.

— Où sera-t-il allé? murmura M. Churcher.

— En quel endroit votre employé l'a-t-il rencontré madame? s'enquit le prêtre.

— A l'omnibus conduisant au quartier qu'habite miss Groves, répondit l'hôtesse en souriant.

Et madame Blake ayant fait sa révérence, se retira en promettant de tenir le dîner prêt pour deux heures précises.

Gregory, devinant le motif du départ de Charles, se sentit soulagé. Il sortit bientôt, et s'en alla errer dans les rues de Londres. Tout en se promenant, il songeait à

Avice et souriait au souvenir de la jeune fille qu'il aimait si tendrement.

Etant entré dans une boutique, il acheta deux parapluies en soie, un pour miss Arden et l'autre pour madame Vernon. Il en eût acquis volontiers un troisième pour Martha, mais il ajourna cette emplette, de crainte de trop s'embarrasser.

A l'heure du dîner, il était de retour à l'hôtel

Le Père Joseph, qui était allé voir un prêtre de ses amis, revint aussi ponctuellement que son ami.

Après le repas, les deux vieillards sortirent de nouveau, chacun de son côté. Mais avant quatre heures ils avaient regagné l'hôtel. Ils s'entretenaient, assis l'un près de l'autre, des graves affaires qui les avaient amenés à Londres, quand une voiture s'arrêta. Ils entendirent monter l'escalier, la porte s'ouvrit, et Charles parut avec Emma sur le seuil.

Le Père Joseph et Gregory se levèrent pour recevoir les visiteurs.

Miss Groves avait quitté Working pâle, triste, faible, et à peine rétablie de l'empoisonnement qui avait failli la tuer. Aujourd'hui, chacun de ses mouvements indiquait la force et la santé; elle traversa la chambre d'un pas vif et ferme; son regard était calme et assuré.

Le vieux Churcher observa tout cela; il comprit que la

jeune fille ne se présentait point en suppliante, mais qu'elle venait réclamer une discussion approfondie sur les charges qui pesaient sur son frère chéri.

Gregory, charmé de voir arriver le moment où les choses allaient vraisemblablement s'éclaircir, tendit la main à Emma.

Prenant la première la parole, sans trouble comme sans crainte, elle dit :

— Comment vous portez-vous, monsieur Churcher? Père Joseph, je suis heureuse de vous revoir.

Après l'échange des compliments accoutumés, elle déposa sur un coin de la table son chapeau, son manteau et ses gants, jeta un coup-d'œil dans la glace, arrangea ses cheveux, et regarda les assistants qui la contemplaient également.

Charles se taisait.

— Asseyons-nous, invita miss Groves en s'emparant d'une chaise.

Tout le monde l'ayant imité, elle ajouta immédiatement :

— Charles m'a raconté une longue histoire, monsieur Churcher : il m'a expliqué pourquoi vous êtes venu à Londres avec le Père Joseph. Vous soupçonnez mon frère James d'avoir volé dans votre maison et assassiné Janet.

— Effectivement, avoua Gregory. Charles vous a dit

sans doute sur quelles preuves s'appuient mes soupçons ?

— Il ne m'a rien caché ?

Et Emma, appuyant ses coudes sur la table, regarda le
vieillard d'un air serein, sans un changement d'expression dans les traits.

Elle poursuivit :

— L'idée vous est venue, je pense, par suite des renseignements que vous avez eus sur sa jeunesse, que mon
frère pourrait bien être coupable.

— Je n'ai pas cherché à me rendre compte de cela.
D'ailleurs, quelles que soient là-dessus mes impressions,
elles n'ont rien à faire avec les preuves que nous sommes
en mesure d'apporter.

— Cependant la conduite antérieure influe généralement sur l'opinion du monde. Je suppose que je puis
parler des antécédents de James ?

— Comme il vous plaira. Nous n'exigeons aucunement
que vous vous expliquiez sur son caractère

— Mais, moi, je le veux, déclara Emma d'un ton ferme.
James vint à Londres à vingt-un ans, avec un capital de
trois mille livres sterling. J'avais alors dix-sept ans à
peine ; cependant je gagnais ma vie, et j'étais sous tous
rapports plus expérimentée que lui. On ne m'ôtera
jamais de l'esprit que le jeune homme soit doué d'un des

meilleurs caractères qui se puissent rencontrer. Incapable de tromper et de mentir, il eut confiance au monde
qu'il jugeait d'après lui-même. Il fut bientôt entraîné
dans de mauvaises compagnies ; on lui vola son argent,
et les fripons, pour s'excuser, le calomnièrent.

Ainsi, à vingt-deux ans, il se trouva jeté au milieu de
cette grande ville de Londres, sans le sou, sans travail,
sans amis, sans espoir. Victime de vils escrocs qui l'a-
bandonnèrent après l'avoir dépouillé, il me confia ses
peines, et je lui offris mes économies. Mais il n'était pas
un lâche, et il ne se résigna point à se faire un bouclier
d'une femme dans sa lutte contre le monde. Il s'occupa,
gagna quelque peu, et obtint une place honorable chez
un négociant, qui lui accorda cent livres sterling d'appointements par an.

C'était une bien maigre rétribution, car James avait
des dettes, des besoins pressants, et il lui fallait acheter
des vêtements convenables. Pourtant, jamais, durant ce
temps d'épreuve, il n'y eut rien à dire sur sa moralité.
N'ayant pas le moyen de vivre dans un hôtel comme
celui-ci, il loge avec le bas peuple, parce que cela coûte
moins cher ; il n'a dupé personne, et cependant vous le
regardez comme capable de voler. Sans doute il n'est pas
honorable de perdre son argent à jouer, à parier, à prêter
et de dépenser au-delà de ses facultés ; toutefois il vaut

mieux être trompé que trompeur. James n a jamais essayé de causer la ruine de ses semblables, et pourtant vous prétendez qu'il a assassiné pour se procurer de l'or. Il a travaillé pour se rendre indépendant et désintéresser ses créanciers. Il est honnête ; il a rendu le bien pour le mal aux misérables qui ont détruit son avenir. Enfin, il a embrassé votre religion, et vous l'appelez meurtrier et voleur !

M. Churcher ne fut nullement impressionné par le plaidoyer d'Emma ; néanmoins la chaleur que la jeune fille avait mise à défendre son frère lui plut.

— Ma chère, lui dit-il, je vous comprends, et je vous ai écoutée avec un vif intérêt. Mais les faits sont contre James, et il faut les expliquer. Dans l'état actuel des choses, vous auriez tort d'insister.

Mais en ce moment madame Blake se présenta, portant le plateau à thé. Emma, avec sa grâce accoutumée, s'empressa de remplir les tasses. La conversation fut suspendue pendant que l'hôtesse montait les biscuits, le pain et le beurre.

XX

CONTINUATION DU PRÉCÉDENT

Dès que madame Blake se fut retirée, miss Groves reprit la parole :

— On vous a affirmé, monsieur Churcher, dit-elle, que que la personne que je vis dans le jardin de madame Bennets était mon frère?

— En effet, répondit le vieillard.

— Et vous le croyez?

— Je n'ai pas de raison d'en douter.

— Vous savez, comme je l'ai raconté à M. Brooks, que, par suite d'une lettre anomyme, adressée à ses

patrons de Paris au sujet de Banks et Brewer, James
avait été envoyé en Angleterre pour y organiser une
enquête secrète. Ses patrons, devant se retirer ou céder
leur maison à Crépin et Brooks, désiraient ne point être
mêlés dans une affaire de nature à leur nuire. Mon frère
avait pour mission de découvrir, s'il se pouvait, l'auteur
de la lettre, et de prendre des renseignements précis sur
la position commerciale de Banks et Brewer. Mes expressions, sans doute, sont peu techniques?

— Nous vous comprenons, déclara M. Churcher d'une
voix austère. Nous ne vous avons point demandé d'entrer dans tous ces détails. Abrégez donc, je vous prie.

— Je n'ignore pas que j'ai réclamé de moi-même,
pour ma propre satisfaction, les explications que je
donne. Veuillez m'excuser de vous retenir si longtemps:
je serais malheureuse si vous refusiez de m'entendre.

— Je vous aime trop pour vous causer de la peine, dit
Gregory. Vous paraissez préoccupée d'une idée; je consens,
pour vous être agréable, à ce que vous l'exposiez clairement, bien que ce soit inutile.

M. Churcher avait une autre raison de laisser la parole
à Emma: il ne voulait pas que Charles pût lui reprocher
de ne point avoir souffert que la jeune fille usât de ses
moyens de défense. Par affection pour son petit-fils, il

se résignait à ce qu'il estimait une vaine digression. Il voulait être plus que juste, plus que généreux.

Emma continua donc :

— Il était désirable que James terminât cette affaire au gré de ses patrons, car il souhaitait d'entrer chez leurs successeurs, et ils étaient à même de l'y aider. Quant à moi, sachant tout ce que mon frère avait souffert déjà, je tremblais à l'idée de le voir de nouveau sans position. Je n'ai rien à cacher ici, ajouta miss Groves avec tristesse : James, je ne craindrai pas de l'avouer, et la fille du négociant de Bordeaux s'aimaient. Le père ayant refusé son consentement au mariage, le jeune homme quitta la maison. S'il eût encore possédé sa part de l'argent que nous avait légué notre riche et libéral parent, la chose se fût arrangée facilement. Et puis, les mauvaises compagnies n'avaient pas seulement volé mon frère, elles l'avaient décrié. Cependant, il se montra bon et charitable; il pardonna à ses ennemis et à ses persécuteurs. N'oubliant point qu'il était l'artisan de sa triste situation, il l'a subie sans plainte comme sans désespoir. Je tiens à vous dire en son absence, monsieur Churcher, ce qu'il ne me permettrait point de déclarer en sa présence, à savoir que je ne connais pas de meilleure nature que la sienne.

Le langage animé d'Emma faisait grand plaisir à

12

Charles. Le vieux Churcher tenait son regard rivé sur le visage toujours calme de la jeune fille.

— Parfaitement, murmura-t-il. Et maintenant, direz-vous qui a préparé le breuvage? qui vous a empoisonnée?

— Je l'ignore. Je proteste de plus que je n'en ai pas la moindre idée. Sur cette question je ne sais absolument rien, et je n'ai aucun motif de chercher à deviner qui est le coupable.

— A qui avez-vous donné de la nourriture et un gâteau, le soir de la fête de Waddesdon? Bien entendu, je n'exige pas de vous une réponse. Peut-être même feriez-vous mieux de garder là-dessus le silence pour le moment.

— Je n'éprouve aucune répugnance à parler. Je n'avais jamais vu l'homme auquel vous faites allusion. Il me dit son nom et qui il était: Toutefois, le mouchoir d'Avice trouvé dans les mains de l'assassin donnant lieu de supposer que cet homme et le coupable ne font qu'un, je m'abstiendrai, quant à présent du moins, de révéler le nom qu'il a livré comme le sien.

— Ainsi ce n'était pas votre frère?

— Non, non!

— L'avez-vous revu depuis?

— Oui.

— A quelle époque?

— Le matin de la soirée de madame Bennets. Je revenais de la ville et je me préparais à rentrer par la porte du jardin, lorsqu'il se présenta brusquement à moi et me suivit dans la ruelle. Il paraissait dans le besoin, mais je ne me croyais pas en mesure de le secourir. Tout à coup, me rappelant que j'avais des sous dans ma poche, je les lui offris. Il les enveloppa, sans nul doute, dans le papier ramassé par le Père Joseph.

— Vous vous montrâtes très-agitée la nuit suivante en apprenant ce qui m'était arrivé? fit Gregory en enveloppant Emma de son regard pénétrant.

Miss Groves, qui tenait les yeux fixés sur le vieillard, ne les baissa point, elle répondit avec un éclat de gaieté qu'elle ne chercha point à réprimer:

— Vraiment, monsieur Churcher, vos jeunes femmes de Working doivent être pétries d'une matière plus énergique que la chair et le sang si elles peuvent, sans ressentir d'impression pénible, entendre raconter l'assassinat d'un vieillard, surtout si elles ont reçu de ce vieillard des témoignages de bonté.

— Je vous crois, ma chère. Il suffit maintenant

— Je n'ai pas fini, reprit Emma. Une autre occasion ne se présentera point, je le suppose, de m'expliquer à fond. Comme mon frère et moi nous sommes complètement innocents des accusations que vous portez contre nous, je désire profiter de la circonstance pour m'exprimer franchement, ouvertement, sur ce qui nous intéresse si vivement l'un et l'autre. Je ne sais rien des billets de banque qui vous ont été renvoyés ; James ne m'en a point parlé. Pourriez-vous me faire voir l'écriture que vous pensez être la sienne ?

— Dois-je lui montrer l'enveloppe ? demanda le vieux Churcher au Père Joseph.

— Sans difficulté, répliqua le prêtre.

Alors Gregory tira le papier de son portefeuille, l'étendit avec soin sur la table, et invita miss Groves à l'examiner. Elle le fit et dit ensuite :

— C'est bien l'écriture de James, et je suis prête à le jurer, n'importe à quelle réquisition ?

— Où est votre frère ?

— Je n'en sais rien. Mais il viendra demain chez madame Calloghan, une excellente femme chez qui nous logeons, madame Temple et moi, quand nous sommes retenues dans ce quartier. Nous sommes convenus d'y passer cette journée de dimanche, et ma bonne amie a déjà acheté des côtelettes de mouton pour nous faire dîner à l'heure du thé. Vous le rencontrerez là, si vous le désirez, à moins que vous préfériez que je ne vous l'amène. D'ailleurs, fixez le lieu et l'heure où il vous plaira de le voir.

— Charles Vernon et lui ne se connaissent point, remarqua M. Churcher, et ce sera une étrange occasion pour les présenter l'un à l'autre. Toutefois, mon opinion est que vous feriez mieux de venir ici demain, à sept heures, après notre repas.

— J'accepte volontiers. Maintenant, il est temps de nous rendre à l'église pour l'exercice du soir.

— Oui, oui, balbutia péniblement le vieillard d'un air inquiet.

Emma, qui s'était levée, se retourna, et il ajouta :

— Il y a plus de méchanceté dans le monde que vous ne l'imaginez. Si James ne vient pas de bonne volonté, on ira le chercher.

Emma jeta autour d'elle un regard rayonnant de confiance.

— Je ne voudrais pas me charger de l'arrêter, fit-elle. Le connaissez-vous, monsieur Churcher ?

Une impression poignante étreignit le cœur des assistants, car il y avait dans l'accent de la jeune fille la certitude de l'innocence de son frère.

Le vieillard répondit :

—Hélas! Emma, je le reconnaîtrais entre mille, oui, entre mille.

— Partons, dit Charles.

Et il entraîna précipitamment miss Groves sur l'escalier.

Quand ils furent dans la rue, le jeune homme reprit :

—Vous ignorez combien Avice a souffert. Pour vous, sachant quel est l'homme à qui vous avez donné des aliments, vous triomphez parce que votre frère est hors de cause. Mais il en est autrement d'Avice : soupçonnée, elle en ressent une peine continuelle. Vous n'avez qu'un mot à prononcer, et votre frère sera justifié. Mais elle, qui la justifiera?

— Aussi, je pense sans cesse à elle, croyez-le. Je déplore amèrement d'être devenue la cause involontaire de sa mystérieuse affliction. Il ne m'est jamais venu à l'idée qu'elle ait été capable de m'empoisonner, parce qu'il y a de ces faits qu'il est impossible d'admettre. Non, je ne l'ai point pensé, bien qu'on se demande encore qui a commis le crime. Or, si je ne l'ai point crue coupable alors que j'étais aux portes de la mort et que personne ne savait si je triompherais des effets du terrible poison, comment voulez-vous, Charles, que je croie cela en ce moment? Je n'ai rien négligé pour obtenir une solution

qui se fait attendre. Ainsi , chaque jour de ce mois de
mai , j'ai supplié la Vierge bénie d'abaisser son regard
sur elle et sur moi , toutes deux orphelines , intimement
unies l'une à l'autre , et aux prisés avec de terribles
épreuves. Madame Bennets a multiplié les recherches :
madame Temple nous a aidées de son rare bon sens ; et
cependant nos efforts ont été infructueux : nous arrivons
toujours à la même conclusion : — Quel autre qu'Avice
a pu accomplir cet acte? — Dans une telle situation , il
ne me reste plus qu'à prier , et je le ferai ce soir avec un
redoublement de ferveur.

Charles cheminait en silence. Bientôt les deux jeunes
gens arrivèrent à l'église toute pleine de fleurs, de lumière et d'harmonie. Déjà une masse compacte de fidèles
étaient agenouillés sur les dalles.

Le Père Joseph et Gregory, qui avaient suivi Charles
et Emma, se placèrent derrière eux. L'église était comble.
Après le sermon, commença la récitation du Rosaire; et
toutes ces voix répétant ensemble la même invocation
ressemblaient au murmure imposant de l'Océan; celle du
vieux Churcher résonnait avec force , non sans quelque
émotion. Des milliers de fidèles répétaient : *priez pour
nous pauvres pécheurs*. Emma savait qu'un grand nombre de personnes priaient pour Avice , bien qu'elles ne
l'eussent jamais vue; elle et ses bons amis avaient re-

commandé miss Arden à la piété des âmes charitables.
Miss Groves sentait qu'elle ne serait point heureuse tant
que la vérité serait inconnue.

La jeune fille savait parfaitement que Charles, renonçant à épouser Avice, aspirait à sa propre main. Toutefois, malgré l'inclination qu'elle éprouvait pour le jeune
homme, Emma était décidée à ne point lui permettre
d'énoncer une proposition de mariage avant que la
situation de la nièce de madame Vernon ne fût éclaircie
Supposant que Charles s'éloignait de sa fiancée à cause
des soupçons qui pesaient sur elle, miss Groves se refusait à profiter du malheur de son amie.

Ainsi, Charles se trompait lorsqu'il écrivait à Waddesdon qu'Emma était prête à lui donner sa foi.

Dans sa loyauté, miss Groves avait essayé de ramener
Avice et le jeune homme l'un vers l'autre ; elle avait
complètement échoué, et maintenant elle s'adressait uniquement à Dieu, le conjurant d'accorder justice à miss
Arden, miséricorde à elle-même, et la paix à tous les
cœurs atteints en cette funeste nuit du crime.

L'exercice terminé, chacun retourna chez soi.

Le lendemain, Gregory et son petit-fils assistèrent à
la messe du Père Joseph, qu'Emma entendit en actions
de grâces, ayant communié à la messe précédente. Elle
demandait au Ciel que les fruits du mois béni qui venait

de s'écouler s'étendissent aux âmes qu'elle chérissait. Elle pensait avec bonheur que le Père Joseph, s'unissant à ses vœux, intercédait également pour Avice.

Après la grand'messe, le vénérable prêtre visita quelques amis dans un quartier éloigné de Londres. Emma retourna chez madame Calloghan. Charles Vernon désirant faire voir à son grand-père plusieurs églises catholiques, prit avec lui un cabriolet. Ensuite ils allèrent se promener au Parc.

Le vieux Churcher rentra le premier à l'hôtel, où le Père Joseph le rejoignit d'abord, puis Charles, et ils dînèrent.

A sept heures sonnant, madame Blake desservit la table et prépara tout pour le thé. En ce moment la sonnette retentit.

— Les voici, dit Charles.

Gregory, les sourcils froncés, le regard ardent et plein d'éclairs, leva les yeux. Il se demandait s'il allait se retrouver en face du meurtrier, de l'homme dont le portrait était ineffaçablement gravé dans son souvenir.

— Mon frère! fit Emma en paraissant sur le seuil.

Et elle s'avança en compagnie d'un jeune homme qui lui ressemblait exactement, excepté qu'il avait les yeux d'un gris moins doux et la peau plus foncée.

M. Churcher se leva, traversa la chambre, s'arrêta

12.

devant le nouveau venu, et lui posant les mains sur les épaules, il dit :

— Vous êtes plus grand de la moitié de la tête. James, vous n'êtes pas l'homme, mais vous le connaissez.

— Ainsi, monsieur, ne pouvant prouver que je suis le voleur, vous prétendez que je suis un de ses complices ?

En parlant de la sorte, James Groves se redressa, et regarda le vieillard comme s'il eût voulu l'intimider. Mais Gregory fit entendre un petit rire sec et reprit :

— Qui vous a chargé d'écrire ces deux mots sur l'enveloppe renfermant les billets de banque qu'on m'a retournés ?

— Emma m'a parlé de cela ; mais il ne me convient point de m'expliquer à ce sujet. D'ailleurs, un ami n'aurait-il pu me prier de lui rendre ce service ? Quoi qu'il en soit, cette pièce ne prouve rien contre moi après la déclaration que vous venez de faire en affirmant que vous ne m'aviez jamais vu.

— James Groves, au nom de la vérité, vous devez parler. Où est le meurtrier ? Quel est l'homme qui s'est servi de votre entremise pour cette restitution d'argent ?

— J'ai traité la question avec ma sœur, monsieur Churcher, et je ne nierai point que j'ai apporté l'argent en Angleterre. D'après mes instructions, il m'eût fallu le remettre à un prêtre attaché à une église de cette ville qui eût écrit les mots que vous avez lus sur l'enveloppe intérieure. Ayant appris que l'ecclésiastique était à la campagne pour quatre jours, et m'étant engagé à écrire que l'argent était restitué, je me suis décidé à faire ce qu'on m'avait prié de réclamer du prêtre. De là les lignes tracées de ma main. Je n'en dirai pas davantage.

Ce fut tout ce qu'on pût arracher à James Groves. Vainement on le supplia de donner de plus amples détails, il s'y refusa constamment. Emma écoutait en silence ; son attitude et son visage exprimaient une entière approbation ; on lisait sur ses traits un air de triomphe.

James répétait que sa présence suffisait à constater qu'il n'était pas l'homme qui avait pénétré par effraction dans la ferme de Monk's Barton, et M. Churcher soutenait qu'il devait connaître le voleur.

— Il est probable que je le connais effectivement, répliqua le jeune homme. Mais, réfléchissez-y, monsieur, si vous avez deviné cette circonstance, c'est uniquement parce que je n'ai point obéi aux instructions qui m'avaient été données. Si j'eusse attendu le retour du prêtre, ou même si j'eusse confié le paquet à un autre prêtre, au lieu de l'adresser de mon chef, aucun soupçon ne plane-

rait sur moi. J'ai agi pour le mieux ; mais inconsidéré-
ment, et l'homme ne doit pas souffrir de ma méprise.

— Votre silence n'atteindra pas son but, affirma Gregory ; vous ne ferez que retarder le dénouement et nous
obligerez à multiplier les démarches. Sachez-le, vos pas
ont été épiés par la police , qui vous a suivi partout où
vous êtes allé , et on connaîtra les personnes à qui vous
avez parlé. La récompense promise à celui qui découvri-
ra le meurtrier de Janet a donné l'éveil à bien des gens.
Je vous le déclare, on vous soupçonne.

— Je suis charmé d'être soupçonné , interrompit
James.

— Et moi , continua le vieillard , je suis résolu de ne
point renoncer aux recherches activement commencées.

— Comme il vous plaira. Si vous avez quelques mesures à prendre contre moi , parce que vous supposez que
je connais le vrai coupable , me voici. Que vous faut-il
de plus.

— Et vous ne redoutez pas les soupçons ?

— Vous êtes convaincu maintenant que je n'ai point
trempé dans le crime, et mes amis le sont également. Je
n'en veux pas davantage. Quant à l'opinion du reste du
monde , j'avoue que je suis heureux d'être soupçonné.
Oui , je désire éloigner l'attention du vrai coupable une
semaine ou deux. Aussi , je suis parfaitement disposé à

subir la prison à sa place ou tout autre peine qu'il vous plaira. Cela, du reste, ne durera pas longtemps.

Le langage de James Groves était si naturel et semblait tellement sincère que toutes les personnes présentes ne purent s'empêcher de sourire. Le vieux Churcher lui-même se dérida et reprit :

— Quoi que j'aie toujours traité cette affaire très-sérieusement, vraiment, jeune homme, vous me faites rire en ce moment, bien que j'en aie. Puisque vous montrez tant d'assurance, je vous en prie, que dois-je faire ?

— Retournez chez vous, monsieur, partez dès demain matin, répondit James sans hésiter. Et si vous souhaitez de plus amples renseignements, écrivez à sir Henri Clayton ; il en sait autant que moi sur l'affaire qui vous préoccupe si fort.

XX

Le Dimanche même où les événements rapportés plus haut se passaient à Londres, les habitants de Waddesdon-Hall éprouvaient une déception à l'occasion de la messe.

Le Père Joseph avait prié un chapelain du voisinage de le remplacer; mais le samedi soir, un messager vint de Working [annoncer à lady Constance que le prêtre étant tombé malade, il lui serait impossible de célébrer l'office divin à Waddesdon.

Prévenus à temps, les catholiques du pays se rendirent à la ville pour remplir le devoir imposé par l'Eglise. Il faisait un temps magnifique; la route séchée par le soleil offrait une promenade agréable. Les fidèles cheminaient par groupes, et s'interrogeaient mutuellement sur la cause de l'absence du Père Joseph.

Jane, la domestique de madame Bennets, fort attachée à Avice Arden, n'aimait ni les mystères, ni Emma Groves. Elle n'était pas de nature à dissimuler les pensées qui lui traversaient l'esprit, et elle les communiquait volontiers à Rachel, la femme de service qui était à la maison la nuit de l'empoisonnement, et qui travaillait de temps à autre chez la belle-mère de M. Brooks.

Or, le dimanche où nous en sommes, Jane, au sortir de la messe, rencontra Rachel, Kate de chez madame Vernon, Martha de Monks Barton, et deux ou trois autres personnes de Waddesdon.

Demeurée seule avec Jane, Rachel lui demanda.

— Pourquoi tant d'étrangers ici aujourd'hui?

— Le Père Joseph est en voyage; il est parti pour Londres avec M. Churcher; on prétend qu'ils y sont allés pour faire arrêter l'homme qui a volé à Monk's Barton et tué la pauvre vieille Janet.

Elle ajouta :

— Nous avons prié avec ferveur au sujet de l'empoisonnement qui a eu lieu chez nous.

Les deux femmes étant arrivées à la maison de madame Bennets, Jane, qui avait dans sa poche la clé du jardin, s'arrêta pour la prendre.

— Je pensais que tout était terminé depuis longtemps, fit Rachel.

— Non, vraiment, rien n'est terminé. Les eaux paisibles sont ordinairement profondes, et le calme n'est pas toujours le silence.

Alors Jane se rappelant en quels termes Rachel avait loué Emma et blâmé Avice, regarda fixement sa compagne et continua d'un air de triomphe :

— Oui, ils sont partis pour Londres, et M. Churcher ne demeurera pas en repos qu'Avice ne soit complètement réhabilitée. C'est une jeune fille douce, patiente, la bonté, la vertu même, et dont toute la vie n'est qu'un long acte de charité. Mais l'affaire ne tardera pas à se débrouiller, et quelqu'un pourra bien être pendu pour l'œuvre criminelle de cette funeste nuit.

Rachel, à ces mots, saisit vivement le bras de Jane.

Par pitié ! s'écria-t-elle, ne parlez point ainsi.

Cette femme était pâle comme un linceul. Elle ajouta presque à voix basse :

— Je sais tout; et j'ai pensé cent fois que mon devoir était de révéler le fatal mystère.

A cette confidence, Jane regarda son interlocutrice d'un air sévère et elle lui dit :

— Retirez votre main ; ne me touchez plus. Avant peu on vous contreindra de vous expliquer. Soyez sûre qu'on vous punira de votre lâche silence.

Rachel, bouleversée, tremblait.

— Je ne croyais pas faire mal, murmura-t-elle; il ne s'agissait que d'une méprise.

— Garder le silence quand il est urgent de parler n'est point le fait d'une méprise, déclara Jane.

— Je craignais d'éprouver quelque dommage dans mon travail si j'avouais ma négligence. D'ailleurs je savais qu'il ne serait fait aucun mal à miss Arden

— Ses projets d'avenir sont détruits, et son cœur a été brisé. Comptez-vous cela pour rien ? Vous serez traitée sans miséricorde quand on vous citera pour dire la vérité que vous avez si longtemps cachée. Le mieux pour vous serait d'aller sur-le-champ déclarer ce que vous connaissez.

— Je l'aurais fait plutôt, certainement, si je n'avais pensé que toute cette affaire était oubliée.

— Oubliée ! répéta Jane : apprenez que personne ne l'a oubliée; et jamais le public ne s'en est tant occupé

que le mois dernier. Maintenant, Rachel, agissez comme
il convient à une honnête femme. Voyez M. Brooks :
c'est l'homme à qui vous devez vous adresser ; venez
avec moi et racontez lui franchement la chose. Voilà le
meilleur parti pour vous. Si vous refusez de suivre mon
conseil, vous perdrez votre ouvrage et vous subirez les
conséquences de votre conduite.

Tout en s'exprimant avec fermeté, Jane témoigna de
la bonté à la malheureuse femme. Rachel, qui souffrait
de sa faute depuis plusieurs semaines, résolut de se conformer aux avis qu'on lui donnait.

Pendant que la domestique de madame Bennets s'entretenait de la sorte avec Rachel, sa maîtresse s'étonnait
de ne point la voir revenir. Une jeune fille, nommée
Ellen, qui visitait la maison le dimanche, attendait Jane
avec impatience pour avoir la clé du jardin

Le dîner n'avançait point, bien entendu, et courait
même risque de se gâter. Madame Bennets dut s'occuper
elle-même de faire rôtir la volaille, et Ellen accommoda les
légumes.

Enfin Jane arriva tout en larmes, sanglotant et en proie
à une extrême agitation. Elle communiqua à madame
Bennets ce qu'elle avait appris, et maîtresse et servante
s'agenouillèrent pour remercier Dieu d'avoir permis que
la vérité fût manifestée.

Voici, en effet, ce qui s'était passé, dans la funeste soirée, d'après le récit que Rachel fit à M. Brooks :

Miss Groves avait employé de la gomme pour raccommoder une guirlande qu'elle descendit près du feu pour la faire sécher. C'était dans la pièce où se trouvaient le plateau et les verres. Quelques feuilles s'étant détachées encore, Emma dit à Rachel :

— Courez à la chambre de miss Arden et apportez-moi la bouteille de gomme que j'ai placée dans l'armoire, vous la trouverez en face de vous, avec une étiquette sur le côté.

La femme de service monta, prit la première bouteille qu'elle aperçut et qui portait une étiquette : elle l'apporta dans la pièce, et versa le contenu dans un verre :

Miss Groves lui cria :

— Je n'en ai plus besoin : j'ai rattaché les feuilles avec de la soie, et cela fera mieux.

Emma ne s'occupa plus de la bouteille; Rachel, ayant été appelée en ce moment, la déposa au milieu des verres et sortit. Comme le liquide renfermé dans la bouteille était blanchâtre, on ne le remarquait pas dans le verre. La femme de service oublia complètement cette circonstance. On versa le vin dans cette même chambre qu'une seule bougie éclairait, et on porta les verres remplis dans la salle à manger. Quand Rachel entendit parler de l'empoisonnement de miss Groves elle se tut. Gagnant son pain et celui de ses trois enfants avec son travail, elle craignait, en parlant, de compromettre son unique ressource.

Telle fut la confession de la femme de journée. Chacun la félicita de sa démarche. On était trop heureux de connaître enfin la vérité pour lui adresser des reproches.

M. Brooks ayant mis par écrit les aveux de Rachel, lui lut la pièce, la lui fit signer d'une croix par devant témoins, car cette femme ne savait ni lire ni écrire, et partit pour Waddesdon-Hall cette même journée après-midi.

La première pensée d'Avice, en apprenant la révélation qui la réhabilitait, fut pour Rachel, qu'elle s'efforça d'excuser, et elle pria M. Brooks d'employer comme par le passé la malheureuse femme.

Le lendemain, le médecin fit comparaître Rachel devant les magistrats, où elle renouvela franchement ses aveux. Elle reçut des juges une sévère réprimande.

— Voilà quelle était la situation quand le Père Joseph et M. Churcher arrivèrent de Londres le lundi soir. A la nouvelle que sa chère Avice était pleinement justifiée, le vieillard prit l'argent qu'on lui avait restitué et dit :

— Ma chère enfant, nous partagerons cette somme.

J'en enverrai la moitié aux religieuses en votre nom, et vous disposerez du reste à votre gré.

Miss Arden, regardant fixement l'excellent homme avec une inexprimable affection, répondit :

— Père, je n'ai pas le droit ni la volonté de vous contredire. J'userai plus tard du don que vous me faites, mais je ne saurais dire de quelle manière ; car, en ce moment, je ne puis songer qu'au bonheur de ma réhabilitation.

Puis, mettant sa main dans celle du vieillard, elle ajouta :

— Certes, le magnifique présent que vous offrez à cause de moi, aux religieuses, valait bien la peine d'être acheté par quelques peines.

— Ce présent, répliqua Gregory, c'est vous qui le faites. Avice, je considère tout ce que j'ai comme vous appartenant.

Le jour suivant, dans la matinée, M. Churcher se rendit chez le Père Joseph.

— J'ai écrit, annonça-t-il au prêtre, à lady Constance Waddesdon, lui demandant une entrevue en votre présence, enfin de m'entretenir avec elle du vol et du meurtre de Monk's Barton. Elle m'a répondu par le billet que voici. Elle me recevra à midi. Voulez-vous m'accompagner ? l'heure est arrivée.

Le Père Joseph accéda volontiers au désir de Gregory, et au bout de cinq minutes, ils entraient dans le salon de lady Constance.

Nous raconterons en quelques mots la conversation de M. Churcher avec la noble dame de Waddesdon.

Le vieillard expliqua les raisons qu'il avait eu d'accuser James Groves. Il ajouta qu'ayant vu le jeune homme, il avait constaté que ce n'était point l'assassin. Néanmoins il affirma de nouveau que le malfaiteur n'était autre que l'individu qui l'avait suivi ainsi que Gérard May, celui-là même qui avait dit son nom à Emma et que cette dernière avait assisté.

— C'est ce personnage encore, poursuivit-il, qui m'a renvoyé les billets par James Groves, lequel refuse de le livrer à la justice. Mais, d'après les déclarations du frère d'Emma, sir Henri Clayton le connaît. Aussi vous prierai-je, milady, d'écrire à votre gendre afin qu'il nous fournisse des renseignements à ce sujet.

Lady Constance promit de satisfaire au vœu de M. Churcher. Avant d'expédier la lettre réclamée, elle la lut au Père Joseph, pour que le prêtre jugeât si elle était suffisamment explicite; après quoi elle adressa la missive à Paris.

Au bout de quelques jours, une courte réponse arriva, conçue en ces termes :

« Priez nos amis d'attendre. Je sais beaucoup de cho-
» ses, tout peut-être. Dans peu de temps je pourrai tout
» leur raconter. Je laisserai Marie à Paris, et j'irai tout
» exprès à Londres, dans deux jours, pour cette af-
» faire. »

Pendant les cinq jours qui suivirent l'époque indiquée, M. Churcher se rendit chaque soir à Waddesdon-
Hall pour s'informer si Henri Clayton n'était point arrivé. Enfin, le cinquième jour, il reçut une réponse affir-
mative. Madame Vernon lui apprit que sir Henri les
avait déjà visités, et qu'ils s'étaient entretenus avec lui
dans ce même parloir où, plusieurs années auparavant,
le malheur leur avait révélé le cœur aimant du jeune
homme.

— Nous lui avons dit que vous viendriez certainement, ajouta-t-elle, et il nous a ordonné de le prévenir
dès que vous seriez ici. Je lui ai envoyé Ketty au moment
où vous parûtes dans l'avenue.

Sir Henri Clayton ne se fit pas attendre. Il entra sans
cérémonie, et le Père Joseph parut presque en même
temps.

Sir Henri adressa quelques paroles aimables à M. Chur-

cher qu'il n'avait jamais vu, tira un paquet de sa poche,
et le remit au vieillard.

— Cette pièce, dit-il, dont la signature a été légalisée
par les autorités, contient les aveux suprêmes d'un homme qui vient de mourir à l'hôpital de Paris où fut soigné James Groves, lors de sa blessure. La personne que
le jeune homme secourait quand il fut atteint par le timon de la voiture où j'étais est la même qui a écrit ceci,
c'était un commis infidèle de la maison Banks et Brewer, qui, après avoir travaillé à la ruine de ses patrons,
avait dénoncé leur situation à la maison Crépin, dans
laquelle James Groves était employé. Le bruit avait couru
qu'il était parti pour l'Amérique ; mais les mesures prises par ses maîtres l'empêchèrent de réaliser ce projet.
Réduit à de dures extrémités, il se mêla aux classes les
plus viles de Londres. Il résolut de vous voler, afin d'obtenir par là de quoi s'embarquer. Il se fit connaître à
Emma Groves dans la circonstance que vous savez ; et il
ajouta, ce qui était faux, qu'il pourrait impliquer son
frère dans une affaire désagréable. Aussi, quand elle
apprit le crime, elle devina sans peine qui l'avait commis. Dès que sa santé le lui permit, elle manda ses soupçons à James, qui prouva facilement l'honnêteté de sa
propre conduite. Par une étrange coïncidence, James
Groves se trouva dans le cas d'assister le coupable et

d'être conduit au même hôpital. Si la position du frère
d'Emma était grave, celle de l'homme qu'il avait secouru
était désespérée. Le remords, la débauche et l'ivrognerie
avaient épuisé en lui les sources de la vie. Dans sa détresse, le misérable n'avait osé se servir des billets de
banque volés, car il n'ignorait pas que les chiffres en
étaient connus et les paiements suspendus. James Groves, que je visitais assidûment, s'étant converti au catholicisme et ayant fait son abjuration dans l'église de
l'hôpital, reçut de sa sœur des détails sur le meurtre et
sur le vol. Diverses circonstances nous ayant donné lieu
de penser que l'auteur de ces deux crimes était le personnage dont James s'était occupé, nous faisions l'un et
l'autre des vœux ardents pour qu'il s'amendât avant de
mourir. Enfin son cœur fut touché de repentir, et il déposa les billets entre les mains de Groves afin que ce
dernier vous les retournât. Toutefois, James promit de
ne rien divulguer tant que ce malheureux serait en vie.
Maintenant que le coupable n'est plus de ce monde, le
frère d'Emma parlera. Le meurtrier de Monk's Barton a
expiré avant-hier. Aussitôt lady Marie Clayton et moi
nous avons repris la route de l'Angleterre.

— Dieu soit béni! fit le vieux Churcher d'un air solen-
nel. Maintenant tout est clair.

XXII

AU REVOIR

La vérité s'étant manifestée, les peines passées furent oubliées autant qu'il est possible d'oublier ici bas, car la joie ou le chagrin laisse toujours quelques traces. En effet, Avice ne devait jamais épouser Charles, ni Charles réaliser le vœu tant caressé de son aïeul. James Groves et sa sœur, étrangers naguère encore aux personnages dont nous venons de raconter l'histoire, allaient se trouver mêlés définitivement à leur existence.

Le vieux Myers, venu avec Gregory, se préparait à pénétrer dans la pièce où son maître était entré, quand la

13.

vue de sir Henri Clayton l'en empêcha. M. Churcher l'ayant aperçu, lui fit signe de le rejoindre, afin qu'il assistât au dénouement du drame qui le touchait de plus près que tout autre. Richard Myers obéit timidement, et ne perdit pas une des paroles du jeune homme. A la fin il demanda à ce dernier :

— Votre Honneur doit savoir pourquoi le meurtrier a traité si cruellement ma pauvre vieille femme. Avait-il réellement l'intention de la tuer ?

— Non, telle n'était pas réellement son dessein, répondit sir Henri Clayton ; il voulait seulement la réduire au silence et la mettre dans l'impossibilité d'appeler au secours. Mais Janet prononça quelques mots qui lui firent craindre d'avoir été reconnu d'elle, car elle l'avait vu plusieurs fois pendant qu'il résidait à Working. Redoutant donc qu'elle ne témoignât contre lui, il se détermina à la tuer.

— Je vous remercie, Votre Honneur. Et vous pensez qu'il s'est repenti ?

— Oui, très-sincèrement, j'en ai la certitude. Il a répété souvent, durant sa maladie, qu'il viendrait vous trouver, s'il guérissait, pour vous faire l'aveu de son crime.

— Parfaitement. Je suis content qu'il se soit éloigné, déclara Myers.

Ici les sanglots interrompirent le brave homme, qui s'éloigna lentement.

De retour, le soir, à Monk's Barton, il confia tout à Martha, et ajouta :

— Ce dénouement est préférable à tout autre, et je rends grâce à Dieu de l'avoir permis.

D'ailleurs, toutes les personnes mêlées aux événements que nous avons retracés partageaient là dessus les sentiments de Richard Myers.

Avice Arden se rendit de nouveau à Monk's Barton sous prétexte de visite ; mais en réalité elle avait à cœur de s'éloigner de Waddesdon-Hall où elle ne se sentait point à l'aise en présence de Charles. Ce n'est pas que le jeune Vernon eût fait d'autres démarches auprès d'Emma ; mais miss Arden se souvenait de la lettre où il avait exprimé ses espérances, et elle craignait que sa présence au foyer d'Austin ne fût gênante pour lui. Aussi la ferme de Gregory lui offrit une agréable retraite.

Tous les vendredis, le vieux Churcher la déposait à Waddesdon où il la laissait pendant qu'il allait au marché de Working ; il la remmenait le soir à Monk's Barton, et elle y régnait en souveraine, administrant à merveille la maison et donnant surtout le bon exemple.

Martha et Myers espéraient toujours que Charles viendrait la réclamer, mais non pas pour l'établir à Londres ; car, à leurs yeux, Monk's Barton, possédant Avice qu'ils estimaient la meilleure des femmes, l'emportait mille fois sur la grande ville. Ainsi pensaient-ils dans leur ignorance de l'état des choses.

Aux vacances d'août, Emma écrivit à madame Bennets qu'elle se proposait de passer chez elle quelques jours.

Elle arriva à l'époque marquée avec une jeune fille de seize ans dont les parents étaient aux Indes, où ils s'étaient fait catholiques. Ils avaient placé leur enfant chez madame Temple avant leur départ. Quand ils se furent convertis, ils l'écrivirent à la jeune fille, l'engageant à étudier les bases sur lesquelles repose la foi romaine. Madame Temple, que ses convictions protestantes mettaient dans l'embarras à ce sujet, pria miss Groves de se charger de Marie Martin. Emma l'emmena chez madame Bennets dans l'intention de la laisser chez cette dame, qui ne renonçait point à ravoir Avice.

— Elle sera entre bonnes mains, dit miss Groves, pendant que je ferai le voyage de Paris, et elle pourra continuer son instruction religieuse.

— A Paris ! s'écrièrent madame Bennets et les personnes présentes.

— Oui, à Paris, répeta Emma en souriant. Je vais faire en cette ville une visite à mon frère. De là je me rendrai à Bordeaux pour assister à son mariage. Grâce à sir Henri Clayton, toutes les difficultés sont aplanies.

— Et après? s'informa M. Vernon qui était là aussi.

— Je suis presque assurée d'obtenir une place d'institutrice anglaise dans un grand pensionnat de Bordeaux. Dans une semaine tout sera décidé.

Miss Arden alla visiter Emma à Working. On s'entretint des aveux de Rachel, et miss Groves confirma l'exactitude du récit de la femme de journée.

Une lettre de Waddesdon apprit à Avice que Charles était arrivé. Miss Groves regardait toujours la nièce de madame Vernon comme la fiancée de Charles, miss Arden résolut de lui déclarer nettement qu'il n'y avait pas eu de nouvel engagement et qu'il n'y en aurait jamais; Emma écouta en silence cette confidence.

Cependant Charles, à son retour, s'adressa franchement à miss Groves et demanda sa main. Emma refusa positivement. Le jeune homme, déçu dans son attente, repartit pour Londres, et Emma s'embarqua pour la France. Marie Martin demeura chez madame Bennets, et Avice à Monk's Barton.

Le château respirait une paix profonde; à le voir maintenant, il eût été difficile de soupçonner qu'il avait été le point de départ des événements les plus dramatiques, à dater de la mort de la petite Nelly.

Avice, renonçant à ses espérances premières, préférait le séjour de Monk's Barton à celui de Waddesdon, parce qu'elle y jouissait d'une affection inaltérable et exempte de désillusion. Elle s'y plaisait tellement qu'à la fin les Vernon ne songèrent pas à la rappeler. Les fréquentes visites de sir Henri et de lady Clayton apportaient à la ferme des distractions infiniment agréables. La maîtresse de Waddesdon se promenait dans le jardin ou causait avec miss Arden, pendant que son mari examinait quelque nouvelle machine avec M. Churcher ou différentes espèces de bétail. Le vieux Gregory, agriculteur dans l'âme, s'occupait sans cesse de l'amélioration des procédés de culture; il mettait dans cette œuvre utile toute son énergie, sa patience, ses connaissances et son argent.

Trois années s'écoulèrent, fécondes en événements divers. Il naquit un enfant au manoir de Waddesdon, et de grandes réjouissances eurent lieu à cette occasion. Sir Henri Clayton était aimé, et les paysans regardaient sa gracieuse épouse comme leur bien personnel; ils accueillirent le fils de leur maîtres comme un don du ciel ; les vieillards de Waddesdon le nommaient leur *Bébé*, se félicitant de ce qu'un héritier eût été accordé au jeune et vertueux couple.

Le Père Joseph s'était cassé d'une manière alarmante. Mais le vieux Churcher paraissait insensible à l'action du temps : pas une ride de plus sur sa figure austère, pas une hésitation dans sa démarche ; à peine s'il s'appuyait un peu plus lourdement sur sa canne

Avice ne l'avait point quitté, et la présence de la jeune jeune fille lui était devenue indispensable.

Charles Vernon allait et venait, mais résidait à Londres. Devenu habile dans sa profession, il avait conquis par son travail une honorable indépendance. Sa conduite était irréprochable.

Emma Groves donnait quelquefois de ses nouvelles, mais elle n'écrivait qu'à madame Bennets. Celle-ci, à chaque lettre qu'elle recevait de la sœur de James, se rendait chez madame Vernon ; ou bien encore elle louait une voiture, montait dedans avec madame Brooks et Marie Martin, faisait placer Jane à côté du cocher, et partait pour Monk's Barton, où elle passait la journée.

Ces visites plaisaient singulièrement à Avice, qui les regardait comme autant de fêtes.

Au bout d'une année, toute gêne avait disparu entre miss Arden et Charles. Madame Vernon tâchait de sou-

tenir les espérances du jeune homme à l'égard d'Emma.
Toutefois, bien qu'il écrivit à miss Groves, celle-ci n'y
faisait jamais allusion dans ses lettres, et elle parlait de
lui avec une apparente indifférence.

James correspondait de temps en temps avec M. Churcher et le Père Joseph ; il était heureux, ses affaires
prospéraient, et il annonçait que sa sœur était appréciée
dans la maison où elle était entrée.

Cependant, à la fin, Charles crut qu'Emma ne consen-
tirait jamais à lui donner sa main. Il déclara à sa belle-
mère que si miss Groves refusait absolument d'être sa
femme, il ne se marierait jamais. Madame Vernon en
parla à sa nièce, et ajouta :

—Que faire pour lui, enfant?

Avice ne répondit pas, et sa tante, certainement, n'avait
aucunement la pensée de lui suggérer l'acte héroïque
qu'elle accomplit. Elle écrivit à Emma, et termina en
disant à son amie :

« Ne reviendrez-vous point auprès de nous, et avez-
» vous oublié Charles Vernon? c'est assez d'une absence
» de trois ans ; ne tardez pas davantage à rejoindre ceux
» qui vous aiment; venez à Monk's Barton. Nous serions
» heureux que vous revissiez Charles et que vous l'en-
» tretinsiez encore une fois du sujet que vous savez, à
» moins que votre cœur n'élève des objections..»

Emma répondit :

« Chère Avice, ces trois années ont fait de moi une
» vieille femme. J'ai vingt-six ans ; à force d'enseigner
» je deviens sotte. L'éloignement de mes anciens amis
» me rend grave et maussade. Si Charles me voyait
» maintenant, il renoncerait certainement à ses rêves
» d'autrefois. J'irai passer le mois prochain à Paris avec
» James et sa femme ; qu'il vienne m'y rendre visite et
» s'assurer que je ne dis que la vérité. Au reste, j'aime tant
» les Français aujourd'hui, qu'il ne devra point s'éton-
» ner si je n'ai plus pour les Anglais mon admiration pre-
» mière. »

Avice comprit parfaitement que cette lettre ne renfermait point exactement la pensée d'Emma, et elle la montra à Charles Vernon. Désormais ils étaient assez sûrs
l'un de l'autre pour se traiter avec l'amitié qui doit régner
entre frère et sœur.

— Avice, j'irai à Paris, déclara Charles.

— Oui, partez, et vous vous entretiendrez avec elle,
répondit miss Arden.

Charles s'embarqua, et écrivit de Paris ces lignes à
Austin Vernon :

« Cher père, je suis le plus heureux des hommes, e.
» bientôt vous aurez une fille digne de vous, je l'espère :

» Emma Groves, qui est plus charmante que jamais, con-
» sent à s'unir à moi. »

Tous se réjouirent de cette nouvelle, tous, jusqu'au
vieux Churcher, qui affirma qu'il était impossible de ne
point aimer Emma.

Miss Groves avait tenu la promesse qu'elle s'était faite :
elle avait prié avec ferveur pour que l'innocence d'Avice
fût reconnue ; ensuite elle s'était condamnée à une vie de
travail et de solitude, dans l'espoir que les choses repren-
draient leur premier cours. Maintenant, au bout de trois
ans de généreux sacrifices, miss Arden elle-même la
rappelait, lui proposant un mariage qui devait faire son
bonheur. Dans de telles conditions, elle crut pouvoir accepter.

Il fut convenu qu'Emma, à son retour de Paris, des-
cendrait chez madame Bennets, et qu'elle partirait de
Queen-Square pour recevoir la bénédiction nuptiale des
mains du Père Joseph.

Les choses se passèrent comme il avait été réglé :
Charles Vernon et Emma Groves furent mariés à l'Eglise
catholique, où un grand nombre de leurs amis les entouraient. Parmi eux on remarquait le vieux Churcher,
la tête inclinée, mais ferme d'attitude ; il s'appuyait sur
sa canne, Avice à ses côtés. Miss Marie Martin fut la demoiselle d'honneur d'Emma.

Au sortir du temple, ia noce se rendit chez madame Bennets. A peine arrivée, Emma se sauva dans cette chambre où elle s'était trouvée si souvent avec miss Arden, et Avice l'y suivit. Elle se regardèrent un instant en silence, puis s'embrassèrent cordialement. Emma était tout en larmes, et Avice souriait.

— Je suis heureureuse, déclara la nièce de madame Vernon, tout s'est passé comme il le fallait : aucune blessure qui ne soit fermée, aucune âme qui ne soit satisfaite. Charles Vernon est le plus favorisé des hommes, car il possède désormais la meilleure des femmes.

Emma demeura muette, et Avice continua :

Je vous en prie, chère amie, ne me chagrinez pas e. cessez de pleurer. Dites-moi que vous êtes heureuse. Comme j'aime beaucoup Charles Vernon, si sa femme ne se sentait point heureuse de lui appartenir, je ne pourrais m'empêcher de la haïr.

Emma leva les yeux et sourit à travers ses larmes.

— Oui, répondit-elle enfin, je crois que je suis heureuse. Toutefois, je ne me résignerai point à descendre avant que vous n'ayez avoué que je ne vous ai point dérobé volontairement le cœur de Charles.

— Non, non, vous n'étiez pas capable d'une telle action, Emma. Ce mariage, vous ne l'avez pas cherché, et

c'est moi qui l'ai voulu. Aussi, laissez-moi cet honneur
que je revendique positivement.

Elles s'embrassèrent encore ; puis Emma quitta sa parure de mariée pour un simple costume de voyage, et elle
descendit avec Avice.

A la fin du déjeuner, madame Bennets, radieuse de
bonheur, demanda à voix basse à M. Brooks qui adresse-
rait aux nouveaux mariés les paroles de félicitation accoutumées.

M. Churcher, devinant la question qui se posait, se
leva aussitôt et dit, appuyé sur sa canne.

— Je suis le plus âgé de la réunion, et depuis longtemps je souhaitais que mon petit-fils épousât une femme
selon son cœur. Or, en ce moment, je désire déclarer
combien j'approuve son choix. Celle qui en a été l'objet
possède, je le sais, les plus solides qualités ; elle est
bonne, douce, aimante, courageuse et brave au travail. Je
prie Dieu qu'elle garde, quand je ne serai plus, la réputation qu'elle a conquise et que je proclame aujourd'hui.
Sans doute j'exprime d'une façon bien sérieuse mes sou-
haits pour les nouveaux mariés ; mais à mon âge il est
difficile de se dérider. Quoiqu'il en soit, je le dis sincèrement, je me réjouis d'être l'interprète des vœux de
tous, parce que je crois qu'ils sont mérités. Charles Vernon, tous vos amis et moi nous vous félicitons du choix

que vous avez fait. Emma... Emma Vernon (le vieillard
prononça ce nom d'un ton ferme), Emma Vernon, soyez
heureuse. Croyez-le, en devenant ma petite fille, vous
comblez de bonheur ma vieillesse, et je vous en remercie.

Gregory, tremblant de l'effort qu'il avait fait, se rassit.
Charles Vernon se leva à son tour.

— Mon cher grand-père, mon père, ma mère, et vous
tous, mes chers amis, dit-il, je vous remercie de vos
vœux. Nous n'oublierons jamais les bons exemples que
nous avons eus sous les yeux, ceux particulièrement de
mon aïeul et de mes parents, dans la maison de qui je
n'ai jamais vu que vertus et générosité. Voilà pourquoi
nous méritons d'être heureux. Les paroles solennelles de
mon grand-père, l'approbation publique qu'il veut bien
donner à notre mariage, sont notre meilleur cadeau de
noces.

Charles disait vrai, et tout le monde fut de son avis :
l'allocution du vieux Churcher et les sentiments qu'il
avait si bien exprimés réjouirent profondément les assistants, et Avice particulièrement. D'ailleurs, après les
soupçons que le vieillard avait nourris, cette sorte de
réparation était presque nécessaire.

Le repas achevé, les jeunes époux firent leurs adieux à
leurs amis et partirent immédiatement. M. Churcher ne

tarda pas à les suivre. On amena sa voiture à la porte de la maison, et il y monta avec Avice.

— Il faut que vous conduisiez, enfant, dit-il ; j'ai assez fait pour aujourd'hui.

Et miss Arden prit les rênes.

XXII

CONCLUSION.

Une année s'écoula sans amener de changements remarquables pour les divers personnages qui ont figuré
dans ce récit. Avice s'occupa beaucoup de Rachel, la
femme de service dont le coupable silence avait causé
tant de douleurs, et Rachel voua une affection sans bor-
nes à miss Arden.

Deux ans après le mariage de Charles Vernon et cinq
ans après le meurtre de Janet, par une belle journée de
printemps, Avice était assise sur un banc, dans le jardin, à côté de M. Churcher ; elle tricotait, et le vieillard

ne semblait occupé qu'à jouir de la chaleur bienfaisante du soleil, quand une servante vint annoncer une étrangère qui désirait leur parler.

La personne se présenta aussitôt. C'était une femme entre deux âges et vêtue de noir. Elle demeura debout, et Avice se leva.

— M. Churcher est infirme, dit miss Arden pour excuser le vieillard qui restait assis.

L'inconnue à qui Avice s'adressait écarta son voile et regarda Gregory, qui la considérait lui-même avec étonnement.

— Je désirerais seulement vous remercier l'un et l'autre, dit elle, pour les bontés que vous avez eues envers quelqu'un qui me fut cher.

Elle rougit en parlant de la sorte, tandis que de ses prunelles jaillissait un feu singulier. Elle ajouta après une pause.

— Voilà tout ce que j'avais à vous dire. Je ne tiens point à révéler mon nom. Au revoir donc, monsieur; je me retire en affirmant de nouveau ma profonde gratitude.

En achevant ces mots, les larmes inondèrent le visage de la visiteuse.

— Que signifie ce langage, monsieur Churcher? demanda Avice toute bouleversée.

Et se tournant vers l'étrangère, elle reprit :

— Pourquoi, madame, ces allures mystérieuses? vous risquez de troubler un vieillard, et votre souvenir ne manquera pas de lui laisser une impression pénible.

Mais le vieux Churcher, interrompant miss Arden du geste :

— Je l'aurais reconnue entre mille, déclara-t-il; son œil a le même éclat, et il est inutile qu'elle se nomme. D'ailleurs je la guettais depuis un quart d'heure à travers les arbres du cimetière. Quelle autre que sa mère irait à la tombe de Janet?

L'étrangère, toujours debout et pleurant à chaudes larmes, joignait les mains avec une douleur poignante. Le vieux Churcher la contemplait d'un air bienveillant.

— Le temps, dit-il, vous permettra un jour de supporter avec plus de calme vos infortunes.

— Jamais, monsieur! fit l'inconnue.

— Moi aussi j'ai cruellement souffert; pourtant, vous le voyez, je suis calme et serein.

— C'est que vous avez de doux souvenirs.

— Ne vous restera-t-il point le sentiment de la reconnaissance? Voulez-vous accepter de dîner avec nous? Nous sommes vos amis, madame. Entrez, et permettez-nous de vous le prouver.

— Non, non, monsieur; je ne me sens pas de force à

supporter la vue des lieux.... je suis sa mère, monsieur,
et je redoute les émotions que ces souvenirs me cau-
seraient.

— Qu'il n'en soit plus question. Serais-je indiscret en
vous demandant où vous demeurez ?

L'étrangère hésita ; puis elle répliqua :

— Au fait, qu'ai-je à craindre ? je reste à D.....

Elle désigna une petite ville à plus de cent milles au
sud de Working.

Ensuite elle ajouta :

— Je gagne ma vie avec un magasin de lingerie, je
prospère, et ma clientèle est excellente. Nul ne soupçonne
mon affreux chagrin. Je suis venue, je vous l'ai dit, monsieur, pour vous remercier de la grande miséricorde dont
vous avez usé envers mon fils, et pour vous prier d'annoncer à sir Henri Clayton que je sais sa noble conduite
et que je ne l'oublierai jamais. De plus, connaissant la
position du malheureux mari de la victime, je lui offrirai
mes petites épargnes, s'il en a besoin.

— Merci , madame, Myers est mon domestique ; or,
tant que j'existerai il ne manquera de rien ; s'il me survit,
ce qui est probable, on prendra également soin de lui.
Toutefois, je vous remercie pour lui.

— Adieu donc , dit la visiteuse, adieu, monsieur.
Comme nous ne nous rencontrerons sans doute plus à

l'avenir, je vous répèterai que ma reconnaissance pour ceux qui ont traité mon fils avec bienveillance sera inaltérable.

Le vieux Churcher se leva, et Avice le soutint par le bras. Il retira son chapeau, répondit aux adieux de la mère du meurtrier, et la regarda s'éloigner pendant que la brise se jouait dans ses longs cheveux blancs.

Il s'était incliné, et miss Arden comprit au mouvement de ses lèvres qu'il priait pour les morts.

Des visites moins lugubres arrivaient de temps à autre à Gregory; alors il se montrait joyeux et gai.

Un jour James Groves se présenta avec la jolie Française devenue sa femme. Le vieillard observa avec un vif intérêt la gracieuse étrangère aux cheveux noirs et au pas léger. Elle parlait admirablement l'anglais, et se plut bientôt à converser avec le maître de Monk's Barton. Pendant que Thérésa, — ainsi se nommait-elle, — causait avec Gregory, James et Avice s'entretenaient du passé.

Le frère d'Emma visita tous les endroits dont il avait entendu parler, depuis le côté de la rivière où la petite Nelly était allée guetter Charles jusqu'au fameux bureau de Monk's Barton où avait eu lieu la lutte désespérée dans laquelle le vieillard défendit sa vie.

D'autres années se succédèrent. James

avaient regagné la France. Deux enfants charmants étaient nés à Charles Vernon et à Emma, et ils faisaient les délices du vieux Churcher, qui ne pouvait plus se lever sans l'aide d'Avice. Charles laissait, l'été, sa petite famille à Waddesdon-Hall, afin qu'elle jouît de l'air fortifiant de la campagne, et on la conduisait fréquemment à Monk's Barton.

Avice avait fait construire pour Gregory une voiture en forme de fauteuil qu'un poney conduisait. Dans ce véhicule, le vieillard allait et venait dans les champs et se promenait à son gré, l'été, parmi les moissonneurs. Quand miss Arden n'était point à ses côtés, on y voyait quelquefois une jeune fille à la physionomie ouverte, à la voix douce et gaie. C'était Kate Cary, âgée de douze ans, dont le bisaïeul Gérard May était retourné à Dieu. L'enfant passait ses vacances d'août à Monk's Barton.

Or, à l'époque où nous en sommes, le dernier champ de la ferme venait d'être moissonné; et le vieux Myers avait rapporté la dernière gerbe à la maison, ce qui signifiait que la fête de la moisson devait avoir lieu le lendemain. Avice, Emma et Kate réunies, travaillaient avec ardeur à préparer la grande salle pour le banquet. On orna la gerbe de guirlande de roses, et madame Charles Vernon, qui n'avait pas moins de goût qu'autrefois, fit des merveilles. Jamais préparatifs n'avaient été plus splendides.

Tout-à-coup Emma se retourna et enveloppa miss Arden de ses bras.

— Avice, s'écria-t-elle, souvenez-vous d'une autre circonstance presque semblable, où nous décorions ensemble une autre salle, la veille de la soirée chez madame Bennets. Que d'événements depuis lors! Notre amitié est demeurée la même. Puissiez-vous être aussi heureuse de votre existence écoulée que je le suis de la mienne!

— Je suis heureuse, Emma, je le suis autant que vous, peut-être plus, répondit Avice.

Emma connaissait la sincérité de son amie, et elle ne douta pas un instant qu'elle n'eût dit la vérité.

Le Père Joseph, en visite ce jour-là auprès des malades de la contrée, devait venir à Monk's Barton. La chambre de la chapelle était prête et l'autel orné de fleurs, car on pensait que le prêtre apporterait avec lui le Saint-Sacrement.

Il était huit heures. On avait pris le thé depuis longtemps, et la table était dressée pour le souper. Le vieux Churcher monta avec Avice pour s'assurer si tout était prêt. Ils entraient l'un et l'autre dans la chambre de la chapelle quand ils entendirent la grille s'ouvrir. En regardant par la fenêtre de l'escalier, ils virent le Père Joseph pénetrer en silence dans la maison. M. Churcher ouvrit le tabernacle, alluma les bougies, et s'agenouilla sur le pavé, tandis que miss Arden se tenait près de la porte ouverte.

Le Père Joseph entra, déposa dans le tabernacle la divine Eucharistie qu'il portait, et se prosterna un instant pour prier.

Des paroles prononcées à demi voix attirèrent l'attention du prêtre. Avice se leva vivement et courut soutenir M. Churcher à genoux, dont la tête s'était inclinée doucement. Elle reçut dans ses bras le corps du vieillard privé de connaissance.

— Charles Vernon ! Charles Vernon ! s'écria-t-elle.

Le Père Joseph se hâta de sonner, et de la porte appela à son tour :

— Charles ! Martha, ajouta-t-il, envoyez-nous vite Charles.

Charles vint aussitôt avec Emma et Martha. Ils prirent dans une autre chambre un sofa qu'ils garnirent d'oreillers, l'apportèrent dans la chapelle et placèrent dessus M. Churcher, qui rouvrit bientôt les yeux et murmura quelques paroles.

On donna un stimulant à Gregory, qui recouvra tout à fait ses sens et put boire une tasse de thé. On lui proposa de le porter dans sa chambre :

— r as encore, répondit-il.

Et après une pause :

— Père, demanda-t-il, vous avez été visiter les malades ?

— Oui, des mourants, répliqua le prêtre.

— Qu'on me laisse seul avec le Père Joseph, dit M. Churcher à Avice. Si Austin Vernon et votre tante tardent trop, envoyez-les chercher.

Il lui tendit sa main tremblante, et elle la pressa en sanglotant.

— Envoyez-les chercher, répéta le vieillard en pressant dans la sienne la main de miss Arden ; c'est la *fête de la moisson*, mon enfant.

Il disait vrai, la fête de la moisson éternelle.

Austin Vernon arriva avec sa femme. Alors le Père Joseph administra à M. Churcher les derniers sacrements.

Au bout d'une heure, le vieillard réclama un peu d'air. Charles le souleva, et Avice ouvrit la fenêtre. Le souffle tiède de la nuit pénétra dans la pièce que le parfum des clématites embauma tout entière. Un sourire épanouit la figure de Gregory, un éclair jaillit de son regard ; il se souvenait, sans doute, que sa femme était morte dans cette même chambre, et que sa fille avait nommé la clématite *la plante de la mère*.

14

— Priez pour moi, recommanda l'agonisant. Le sourire s'éteignit sur ses lèvres, et il ferma les yeux.

Avice se tenait agenouillée à ses côtés, sa main dans la sienne; mais il ne lui rendait plus l'affectueuse étreinte.

Les pensées du vieillard se détachaient de la terre; il fermait volontairement les yeux à la lumière de ce monde et ses oreilles aux bruits d'ici-bas pour ne plus écouter que les paroles de la vie éternelle.

Avice agenouillée, anéantie, pleurait et priait du fond du cœur. Elle cessa soudain de tenir sa main dans celle de Gregory : elle s'était aperçue que l'âme de l'énergique vieillard s'était envolée de cette terre.

Le vieux Churcher avait terminé sa carrière; avec elle s'achève également son histoire.

Autour de la tombe de Gregory se réunirent la plupart des personnages que nous avons mis en scène. Tous proclamèrent que nul n'avait le droit de lui reprocher une mauvaise action; et ce fut pour le défunt la plus belle des oraisons funèbres.

FIN.

TABLE DES MATIÈRES

FIN DE LA TABLE.

Limoges. — Imprimerie de Barbou frères.

www.ingramcontent.com/pod-product-compliance
Lightning Source LLC
Chambersburg PA
CBHW070208030726
47505CB00006B/1606